JN072829

黒魔王

高木彬光

論創社

目次

黒魔王

主要登場人物

大前田英策……私立探偵
川島竜子……私立探偵
今川行彦……ブラジル帰りの富豪
杉山康夫……宝石商
近藤君雄……ブローカー
近藤みどり……君雄の妻。バー「蝙蝠」のマダム
大塚徳太郎……大塚財閥の当主
大塚陽子……徳太郎の妻
大塚福二郎……徳太郎の弟
大塚君代……福二郎の妻
湯浅勝司……東洋新聞社会部記者
阿部利弘……東洋新聞社会部記者
小宮裕子……服飾デザイナー。湯浅の恋人
脇村鶴代……服飾デザイナー
庄野健作……「黒魔王」の秘密を知る男
藤木静雄……画商
赤沼……警視庁捜査一課の警部
黒崎駒吉……警視庁捜査一課の警部

第一章

おれは、そのとき、京都にいた。

といっても、おれは、のんびりと名所旧蹟を見物して歩くような閑人ではない。いわんや、舞妓の膝が抱きたいために、わざわざ京都へ出かけて行くほどの粋人でもない。

おれは、仕事の必要上、京都に三日ばかり滞在しなければならなかったのだ。

私立探偵という商売は、社会の溝(どぶ)さらいのようなものだ――というのが、おれの口ぐせの一つだが、そのとき京都にいたのも、溝さらいに出かけて行ったためなのだ。少くとも、最初は、殺人などとは縁もゆかりもなさそうな、気骨だけ折れて興味のなさそうな調査事件にすぎなかったのである。


もちろん、溝さらいをもって任じるおれも、紅葉に彩られた京都の秋の美しさに眼を奪われなかったわけではないし、京言葉のやわらかな情緒に惹かれなかったわけでもない。仕事のための旅行とはいいながら、京都での三日間の滞在は、決して悪い気持のするものではなかった。

しかし、皮肉なことに、珍らしく懐古趣味などにひたっていたおれは、この旅行をきっかけとして、奇怪な、殺人事件に首を突っこむことになったのである。おれがこれまで相手にしてきた犯罪者たちの中で、もっとも恐るべき敵――黒魔王(こくまおう)との対決が始ったのである。

もっとくわしくいえば、都ホテルのロビーで、おれが何気なく小耳にはさんだ奇怪な会話が、この事件の発端となったのである。

いや、それよりも、おれが京都へ行った用件そのものが、事件の発端だといった方が正しい。今川行彦(いまがわゆきひこ)という男の依頼を承諾したときから、おれはこの事件に巻きこまれるように運命づけられたのだ。

いや、こんなことをあんまりならべたてていてもしかたがない。もともと、おれは腕には自信があっても、筆には自信のない男なのだ。それがこうして、事件の記録など書き出したのも、ある友人にすすめられたせいだが、最初からこんな持ってまわった書き方をしては混乱する恐れがある。

それは、半月ばかり前のことだった――

「大前田英策(おおまえだえいさく)先生の事務所はこちらでございますか?」

事務所の入口のところで、おれは、五十がらみの、いかにも金持らしい男から、馬鹿丁寧なお辞儀をされた。

こちらでございますか――もくそもない。

『大前田英策探偵事務所』という看板は、これでもめったにない商売意識を出して、かなり立派なやつを奮発したつもりなのだ。慇懃無礼とは、こういうことだと、おれは思った。

「私が大前田ですが」

　というと、相手はまた、最敬礼を一つして、あから顔をハンカチでぬぐいながら、

「先生のお噂はかねがねうけたまわっておりますが、何でも清水次郎長とならび称された有名な大侠客、大前田英五郎親分の御子孫でいらっしゃるとか……さすがに、侠気に富んだ名探偵だという、もっぱらの評判で……」

　と、たらたらとお世辞を並べたてた。おれは臍のあたりがむずむずしてきた。どうも、こういう男は気に喰わない。

「ところで、御用件は？　私はいま出かけるところなんですがね……」

「先生、どうかしばらくお時間をお貸し下さい……お願いです！　私の娘を探していただきたいのです！」

　相手はおれの腕にとりすがって、顔に悲痛な表情をいっぱいに浮べていた。

　娘をさらわれたのか、どうしたのかは知らぬが、この男も、その娘を何とか探し出したいという一念で、さっきからおれに最敬礼をつづけていたのか――と思ったら、おれも少々気の毒になってきた。

「それでは、お話をうかがいましょうか」

　おれは、この男を奥の部屋に案内したが、男の話は、あらまし、次のようなものだった。

　彼は、今川行彦といって、今から二十年ほど前、一獲千金の夢をいだいて、ブラジルへ渡り、とにかく相当の財産を作りあげて、余世を故国で送るために、日本へ帰って来たらしい。

そして、むかし捨てたも同然に、日本へ残して行った妻子の行方を探し出してほしいというのだ。

もちろん、二十年といえば、むかし流に数えても二むかし、それに第二次世界大戦を間にはさんでいることだから、その生死もたしかではないし、そうでなくても、病弱だった妻は、もう死んでいるかもしれないし、あるいは他の男と再婚してしまったかもしれない。ただ、せめて娘の慶子(けいこ)にだけでも、生きているものならば会いたいというのだった。

「二十年もの間、ほとんど音信不通だったのですから、どこにどうしているのか、見当もつきません……空襲で死んでしまったかもしれません……ただ、私には、慶子がどこかに生きている——という信念があるのです。費用はどんなにかかってもかまいません。私の全財産を費しても、悔いるところはありませんから、たいへん困難な仕事だとは思いますが、慶子の行方をたしかめていただけないでしょうか」

今川行彦は、うつむきながらつづけた。

「世間の眼から見たら、私ほど無情な父親も少いことでしょう。それは、私も否定はしません。ただ、どんな氷のような人間にも、一片の親心というものはありますねえ……いままで、自分の金儲けにあくせくして、私は人間らしい心をどこかへなくしていましたが、いまになっては、もう余命も短いと思うにつけても、せめてものことに、娘だけは幸せにしてやりたいと……べつに面とむかって、親子の名のりをあげなくても、生きて幸せでいてくれれば、それでかまわないのですが、たとえ一眼でも会いたいと思うのです。不幸にして死んでいるならば、せめてその墓前に線香の一本もたててやりたいと……」

　行彦はおれの前で、ハンカチを眼にあてて手ばなしで泣き出した。今まで二十年も平気で放ったらかしておきながら、急にそういう気持になるとは、妙なものだ——と、おれは思った。行彦も、そういうおれの胸中を察したのか、

「やはり、人間は年をとると、気も弱くなるし、いままでの自分の生き方を、いまさらのように反省してみるものらしいんですねえ。こうして、人一倍の財産は作りあげたものの、一人ぼっちのさみしさが身にしみましてね……『クリスマス・キャロル』のスクールジーの話を思い出しますよ……」

　行彦の全身からは、いかにも成金らしい、いやらしさが感じられたし、むかしは相当あくどいことでもしたのだろう、眼にも鋭い険が残っていたが、その心境にはおれも同情した。身勝手な父性愛——といってしまえばそれまでだが、俠客の祖先を持っているせいか、おれはこの浪花節的人情話に大いに心を動かされたのだ。

「なるほど、そういうわけでしたら、お引き受けしてもよろしいですが、正直にいって、これは大変厄介な尋ね人ですね。慶子さんというのは、いまいくつぐらいになっているのですか?」

「私と別れたのが満で四つの時ですから……いま、二十四になっています。こんな昔の写真では、参考にならないと思いますが……」

　行彦は、すっかりセピア色に変色してしまった、よれよれの写真を一枚取り出した。四つぐらいの可愛らしい女の子が人形を抱いているのだが、これではいま二十四になる娘を探し出す手が

かりにはなりそうもない。

「何か、娘さんに特長はありませんか？　決定的なものでなくても、たとえば頭のつむじが二つあるとか……」

「あっ、それで思い出しました。慶子には、左の二の腕にハート形の青いあざがあるはずですが……」

いくらか参考にはなるが、それは調査の最後の段階に来なければ、役に立たないことだ。

仕方がないから、おれは二十年前の住所などを聞き出して、とにかく、出来るだけのことをやってみようと答えた。

「実は、このことは、もう一人の探偵さんの方にもお願いしたのですが……」

しばらくして、行彦は、ちょっと、いいにくそうに切り出した。

「いや、何も、先生を信用しないわけではありませんので……ただ、こういう調査は、一人よりも二人の方が、早く結果がわかるだろうと思いましたので……出来ましたら、その探偵さんの方とも御連絡をとって、やっていただきたいのですが……」

「なるほど、あなたのお気持はわかります。私は一人でなければいやだなどと、尻の穴のせまいことはいいませんよ。ですが、その相手の探偵というのは、誰なのです？」

「川島竜子（かわしまりゅうこ）さんという女探偵で……」

「川島竜子！」

おれは思わず椅子から飛び上った。

「御存じですか?」

御存じ——どころではない。おれがこのところ、足駄をはいて首ったけに惚れぬいている相手なのだ。むこうだって、内心はおれに惚れていると、こちらはちゃんと見ぬいているのだが、始末の悪いことに、竜子の奴は、とんでもない意地っ張りだ。おれは、今まで、何度か竜子の命を助けてやったのだが、それで少しは女らしくなって、こっちの胸にとびこんで来るかと思いの外、ますます意地を突っぱって、その借金に利息をつけて返すまではと、おれの申し込みにうんといわないのだ。それどころか、仕事の上で、ことごとにおれと張り合って、おれを負かそうとしているのだ。今度のことでも、竜子が相手では、さだめし、大合戦になるだろう。と、おれはその時、覚悟をきめた。

「なるほどねえ、川島さんといっしょにこの調査をやるのなら、大いにやり甲斐がありますよ。たしかに、お引き受けいたしましょう」

おれは、にやりと笑って答えた。今度こそ、竜子の奴をこてんこてんにやっつけて、おれと張り合おうというような気持を捨てさせ、女探偵の足を洗わせて、おれの女房にしてしまおうと決心したのだ。

今川行彦は、また米つきバッタのように、最敬礼をくりかえして帰って行った。

調査費用の一部と、着手料として、彼は三十万の小切手をきった。銀行へ問いあわせて見ても、支払は間違いないということだった。この金は一応おれにもありがたかった。私立探偵だって食わなければならないし、一旦仕事をひきうけた以上、全力をつくすつもりだった。

おれが京都へ行ったのも、こんなわけで、慶子という娘を探し出すためだった。

最初、行彦の妻の澄江（すみえ）の実家が尼ケ崎にあることがわかったので、そこの同業者と連絡を取って調べたところ、どうも京都に行ったらしいということがわかったのだ。

このくらいの調査は、助手をやってもすむことだとは思ったが、三十万円の捜査費用を受け取っているので、少しは誠意を見せる必要があるし、竜子と競争になりそうだし、それに、実は内心おれも、たまにはのんびりした京都の空気を吸いたいと思っていたので、自前で出かけることにしたのだ。

捜査を進めて行く途中で、おれは妙なことに気がついていた。今川行彦はブラジルに出かけて行ったという昭和十二年当時、軍籍にいたはずなのである。ブラジルへ移民など出来るわけがなかった。

しかも、尼ケ崎からの報告によると、そこの実家には、何度も憲兵隊が調べにやって来たということなのだ。

そこで、おれは、この男は軍籍離脱者——脱走兵なのではないかと思った。もちろん、むかしならば、脱走兵は軍法会議にかけられて、重罪に問われたものである。戦線を捨てて逃げ出したというのでは、有無をいわさぬ銃殺刑なのだ。今川行彦が故国と完全に連絡を断ってしまったということも、それならばうなずける話だった。もちろん、私立探偵という職業には依頼者の秘密を守る義務はあるが、とにかく、彼の話は額面通りに受け取るわけにはいかないと、おれは思った。

しかし、おれの予想が当っていたにしても、いまは軍隊も軍法会議もない時世なのだ。脱走兵などというものが、男らしくない、不名誉なものであることは、いまでも変らないかもしれないが、いまさらむかしの古傷をあばきたてるにも及ばぬことだった。こちらの捜査に必要でないかぎり、問題にはすまいと、おれは心を決めた。

ただ、自分の推理が正しいかどうか、一度行彦自身の口から、直接にたしかめてみたいとは思った。これは、おれの予想が当っているかどうかを知りたいというだけの気持にすぎなかったのだが……。

澄江と慶子が昭和十二年ごろから、京都に住んでいたことはたしからしいのだが、昭和十四年ごろ、どこへともなく姿を消してしまったというのだ。

なにしろ二十年近くも前のことなので、捜査はすこぶる厄介だった。しかも、澄江と慶子の親子は、ほとんど近所の交際というものがなかったらしい。あちらこちらをかけずりまわって調べたのだが、みんな無駄足になってしまった。最後の頼みの綱は、京都の同業者の吉村鋭吉に依頼しておいた調査の結果を待つことだけになってしまった。

二日目の夜、さすがのおれもいささかうんざりして、息ぬきに新京極のあたりをぶらつくつもりで、ホテルを出た。

四条大橋のあたりでタクシーを乗り捨てて、ぶらぶら歩き出したおれは、ものの一町と行かぬうちに、はっとして立止った。

前を歩いている女は竜子じゃないか！

おれは大股で近よって行って、肩を勢よくどしんとたたいてやった。

宝塚の男役スターのような顔をした竜子が、おれを見て唇をとがらせた。

「いよう五代目――といいたいところだけれど、痛いじゃないの。肩の骨が折れたかと思ったわ」

「それほど華奢に出来ている君でもあるまいて。女だてらに、私立探偵なんかやっているんだからな」

妙な場所で出会ったのに、おれも竜子も、銀座で顔をあわせでもしたような調子だった。

「君が物見遊山に来たわけでもあるまいが、いったいどちらへ？」

「どこでもいいじゃないの。あんたは何の権限があって、そういうことを人に聞くのよ？　それは職業上の秘密で、あんたなんかには、ノー・コメント」

「べつに人の仕事に干渉するつもりはないが、またぞろ何か危い事件に手を出しているんじゃないかと思ってね。こっちも忙しい体だから、いつものように、親分どうぞ助太刀をお願いしますと頼まれたりしちゃかなわんからな」

「ちょ、ちょ、ちょいと、あんまり人聞きの悪いことはいわないで下さいね。いつ、わたしがそんな音（ね）をあげて？　いつ、あんたに助太刀なんか……」

「人聞きが悪いのなら、往来で喧嘩するのはやめて、どこかでお茶でも飲もうぜ」

おれは、ぶつぶつ文句をいっている竜子を、一軒の喫茶店にひっぱりこんだ。

薄明りのルーム・ライトの下では、何組ものアベックがむつまじく肩を並べあっている。おまけにムード調の音楽が、甘ったるく流れて来るものだから、おれもちょっといい気持になって、竜子の肩を抱こうとしたら、たちまち荒々しく手を払いのけられた。

どうも、この女は扱いにくい。顔を合せると、必ず連射砲のような悪口を浴せてくる。もっとも、おれの方も、そうなのだが……

「本当に、あんたって人はお節介よ。こっちが自分一人の力で、このピンチを打開するにはどうしたらいいだろうと、必死に頭を楽しませているのに、いつもよけいなところへ飛び出しちゃあ、せっかくのスリルをなくしてしまうのは、そっちの勝手じゃございませんの？　そんなことを一々恩に着せられちゃあ、大いに有難迷惑だわ。今度から、一切それは願い下げよ」

「ああ、ああ、女というものは――どこから先に生れて来るのかねえ。まあ、そういう太平楽をペチャペチャならべたてられるのは、命があればこそだと思って、自分の悪運の強さに大いに感謝するんだねえ」

遠慮のない大声で悪口をいいあっているものだから、まわりのアベックが驚いてこっちを見ていた。

「ところで、あんたこそ、何をしに京都くんだりまでやって来たの？」

「君はそういうことを聞く権限があるのかい？　だが、こっちはカードをさらけ出そうよ。どうだい、慶子嬢の行方に、目星はついたかね？」

「まだ、あんたと同じ程度らしいわね。でも、わたしにまかせておけば大丈夫よ。あんたの方は、ゆっくり京都見物でもしていらっしゃい。じゃあ、これから行くところがあるから、失礼するわよ」

「そうあわてなくてもいいだろう。女の夜の一人歩きは危いぜ」

「御親切様……でも、あんたといっしょにいる方が、もっと危険だわ」

竜子の奴は、大きな声でそんなことをいって、出て行ってしまった。人があんまりじろじろおれを見るので、さすがのおれも、ばつが悪かった。

とにかく、また戦闘開始だ。しかも、竜子とおれが顔合せするような事件は、これまで必ず大事件になっている。今度の事件も、案外、思いがけない展開を見せるかもしれないと、おれはふと思った。

とにかく、竜子の奴を一日も早く降参させなければ……


三日目の夜、おれは都ホテルの豪奢なロビーで新聞を読んでいた。八時に、調査を依頼してあった同業者の吉村鋭吉がたずねて来ることになっているのだ。

その報告を聞いたら、おれは一旦、東京へ帰るつもりだった。事情によっては、滞在をのばしてもよいが、あまり東京の事務所を留守にしておくわけにもいかなかったので、この夜の『月光』の二等寝台を予約しておいたのだ。

後から考えれば、おれがこの汽車を選び、予定通りこれに乗ったことも、一つの運命だったのだろう。だが、もちろん、その時は、おれはそんなことは考えもしなかった。

ただ、ある奇妙な会話を耳にしたのは、この時のことなのだ。

「たしかに、それは『蒙古王』なのですね」

蒙古王——という妙な言葉に、おれはたちまち好奇心を起して、ひそひそ話をかわしている二人の男を見た。

「そうです。間違いなく……ただ、これが知れると、どんな恐ろしいことになるか……」

出来るかぎりの低い声で話しあっているらしいが、あいにくと、おれの耳は祖先ゆずりの地獄耳だ。よく聞える。

一人には、おれも見覚えがあった。いつもモノクルをかけて、蝶ネクタイを結んでいるきざな男で、このホテルによく出入りして、外人客相手に商売をしている宝石商の杉山康夫(すぎやまやすお)に違いなかった。

もう一人は、三十五六の背の高い男で、ひどく陰気な顔をしていた。こんな立派なホテルで、りゅうとした身なりをしているからいいものの、そうでもなければ、犯罪者と間違えそうな、おびえた暗い眼つきで、時々あたりを見まわしていた。

「それは近藤(こんどう)さん、秘密はこちらも重々承知の上で……」

杉山康夫の声だ。この男は、近藤というのに違いない。

「なにしろ、もう私を狙っている奴が、いるらしいのです。今日も、変な男に後をつけられて……」

「まさか……それは近藤さん、気のせいじゃありませんか。ノイローゼというやつですよ。もっとも、あれは何しろ、百六十五……」

その時、おれの待っていた吉村鋭吉がエレベーターからあらわれたので、おれは二人のそばを離れた。後から考えてみると、たとえ相手を待たしておいても、もう少し立ち聞きしておくべきだったのだが……

とにかく、その時に百六十五という数字が、おれの耳に残った最後の文句だった。百六十五万円——というのでは、あの話の調子から見て安すぎるし、かといって、いくら宝石商の話でも、百六十五カラットというのは、少々べらぼうすぎると、その時はちらっと考えただけだった。

二人の会話は、たしかにおれの興味を惹いたが、見ず知らずのおれが、首をつっこむほど奇怪な話とも思えなかったのだ。

だが、蒙古王——という言葉が、黒魔王の事件に直接結びつくものであったことは、初めにちょっとふれた通りなのである。

あてにしていた吉村鋭吉の調査も、結局はほとんど得るところがなかった。

京都に移ってからも、この親子の身近には憲兵隊の眼が光っていたらしい。自然、世間も何か感づいて、冷たい眼で見ていたようだ。そこで、この親子は京都にもいたたまれなくなり、夜逃げ同然に、どこかへ移って行ったらしい——というのが、吉村鋭吉の報告の要約だった。そして、どこへ行ったかについては、全然わからないということなのだ。おれは、行彦の過去についての自分の推定が当っているらしいことに、自信を持ったが、慶子が京都にいるという可能性は完全に失われてしまった。

おれは、予定通り、二三時一八分に京都駅を出る『月光』の二等寝台車に乗りこんだ。

捜査はふり出しにもどったのだ。

寝台車に乗りこむとき、おれは、さきほど都ホテルのロビーで見かけた近藤という男が、同じ車内に入ったのを見て、おやと思った。あいかわらず、陰気な顔つきで、きょろきょろと周囲を見まわしていて、さっぱり落着かない。

この様子にはおれも気になったが、変なお節介をやくわけにもいかないので、黙っていた。

寝台にもぐりこんで、ポケット瓶のウイスキーをひっかけた後、おれはすぐ眠ってしまったらしい。とにかく、汽車が米原へ着いたのは覚えていない。汽車の中ではどうも眠れないとか、駅に止るたびに眼がさめるとかいった繊細な神経は、おれには持ちあわせがないのだ。

おれが眼をさましたのは、もう次の日の朝になってからだった。汽車はちょうど、熱海の駅にすべりこんだところだった。空は曇っていて、ホームの駅員の吐く息が白かった。

何気なく外を見ていると、おれの乗っている車輌から、真黒なオーバーに身を包み、その衿を立てた男が、皮の鞄を一つさげて出て行って、おれの座席の窓の前を通りすぎた。顔は見えなかった。いくら寒いといっても、まだ十一月——衿を立てるほどのこともあるまいに、と、おれはその時、ちらりと思った。

わずか一分の停車で『月光』はふたたび走り出した。

おれは、都ホテルの売店で手に入れたスリー・キャッスルの罐を開けて、一本つまみ出した。

しばらくすると、車掌が乗客を起しにやって来た。

車掌がおれの前を通りすぎて、五つばかり後の席まで行った時、彼は突然、何ともいえない悲鳴を上げた。

「死んでいる！　人が死んでいる！」

おれもぎくりとして、すぐ車掌のそばへ飛んで行った。

車掌は真青になって、ふるえる手で下のベッドの一つを指さしていた。

中をのぞきこんだおれは、はっとした。一目で、青酸性の毒物による死亡だと睨んだ。肌が桃色に変色し、瞳孔が極度に拡大しているのだ。調べてみると、ベッドの隅に、一枚の薬包紙が落ちている。わずかに残っている粉末の臭いをかいでみると、たしかに青酸性の毒物に間違いない。

しかし、おれを驚かせたのは、車中に変死者が出たということだけではない。この仏が、都ホテルで顔を見知り、京都駅でも顔を合せた近藤某という男だと悟ったからである。

いまさらのように、おれは昨夜からの、この男の奇妙な態度を思い浮べた。

「失礼ですが、あなたはどなたです？　警察の方でしょうか？」

ようやく我にかえった車掌が、あわてておれにたずねた。

「いや、そうではありませんが、私立探偵の大前田英策という者でしてね、警視庁には知りあいの連中がたくさんいますから、心配はいりませんよ。それに、この男とは、少々関係がありましてね……」

おれはこの事件に妙な興味を持ったので、まだ心配そうにぶつぶついっている車掌をうっちゃっておいて、死体を調べ始めた。

もちろん、警察の邪魔をするつもりはないから、なるべく死体に触れないように注意した。外傷は発見出来なかった。

死体の右手が、何かしっかりとにぎっているのに気がついたおれは、そっとそれを抜き取った。

それは、宝石商の杉山康夫の名刺だった。しわくちゃになっていたが、その裏には、鉛筆で三字、

「黒魔王」

という文字が、不気味に記されていた。

昨夜耳にした「蒙古王」という言葉、そして今度の「黒魔王」という文字——何の意味なのかはわからなかったが、おれの自称犯波レーダーという大脳の神経に、激しくびりびりと感応して来るものがあったのだ。

二等寝台車に降って湧いたように起った混乱と恐怖を乗せたまま、急行『月光』号は東京へ、ひた走りに走っていた。

おれはそのとき、何の理由もないが、熱海で下りた黒オーバーの男が犯人ではないかと思った。

警視庁は、もちろん、すぐにこの事件の捜査を開始した。おれも知りあいの赤沼(あかぬま)警部からも、何度も呼び出しを受けて、おれの知っていることは全部話してやったが、逆に相手から情報を得ることも忘れなかった。おれという男は、一文にもならない仕事でも、興味さえあれば首を突っこむ性分なのだ。おれはこの事件に、激しい興味を感じていた。

死んだ男は、近藤君雄（きみお）といって、宝石類のブローカーのような仕事をやっていたらしい。何でも、第一次大戦のころ、大塚鉱業という会社を作って、莫大な富を築きあげた大塚財閥に血縁関係のある男らしいが、そのときは、警視庁も旧財閥のごたごたした血すじ関係などに探りを入れる必要は認めなかったのだろう。はっきりしたことはわからなかった。

妻のみどりという女が、銀座に「蝙蝠」というバーを持っているということだったが、それも特に珍らしいことではないから、問題にならなかった。バーのマダムをやっているような女だから、浮いた話の二つや三つはあったらしいが、夫婦仲はそれほど悪くはなかったようなのだ。

京都の宝石商、杉山康夫も調べられたが、近藤君雄が少々ノイローゼ気味だったということを証言したにとどまった。警察の調べのとき、彼は蒙古王などという文句は吐かなかったらしい。おれは赤沼警部にそのことを注意しようと思ったが、やめにした。こっちの聞き違いでしょう――といわれれば、それまでの話なのだ。そして、あの晩、杉山康夫はたしかに京都にいたという証拠があった。彼の行動に疑わしい点があるとしても、東海道線を走っている汽車の上で、近藤君雄を毒殺出来るわけはなかった。

ほかに京都で君雄と会った人間や、ホテルのボーイなども、口をそろえて、彼が神経衰弱気味だったと証言したという。

車中には、誰も怪しい人物は乗りあわせていなかった。

警視庁と国鉄の調査の結果、あの日、『月光』の二等寝台車から、熱海で下車した人物は三人いることがわかった。二人は池沢和雄（いけざわかずお）というある会社の重役と、そのつれの女――奥方が角を出しそうなスキャンダルには違いないが、殺人事件にはおよそ関係がありそうもない。

もう一人は、古山惣一(ふるやまそういち)という名前になっているが、どんな人物なのかは、ついにわからなかった。しかし、車掌の話によると、大阪で乗車したそうだから、近藤君雄の行動をよほどよく知っていたとでも考えないかぎり、この事件にはまず無関係といってもよい。オーバーの色は、茶色だったと車掌は証言した。

もっとも、オーバーなど折りたたんで無理におしこめば、鞄の中にでも入ることだから、寝台の中で着換えるのには、何の造作もないのだ。だが、それだけのことでこの男を疑うのは、たしかに、根拠が不十分すぎた。

警視庁は、諸般の事情から、自殺と推定を下した。つまり、他殺の根拠は全然ないのに反して、いろいろな証言から見て、自殺の可能性は十分にあるというわけだった。仕事の上でも、最近まずいことがあったらしいという話もあった。

名刺に記された黒魔王――という文字は、死んだ君雄の筆蹟に間違いなかった。使われた鉛筆も、彼の手帳についている品と同一のものであることが証明された。死の間ぎわに、ありあわせの物を使って書いたらしいのだ。

しかし、これも警視庁ではあまり問題にしなかった。ノイローゼ気味だった君雄が、奇妙な幻想にでもとりつかれて書いたのだろうと判断したのだ。

たしかに、黒魔王――という言葉は、不気味な、恐ろしい響きを持っているが、聞きようによっては、馬鹿馬鹿しい子供だましのこけおどかしともとれるものだった。警視庁の連中は、何かの子供漫画の題名でも連想したのか、気にもとめないふうだった。

だが、おれは、警視庁の連中のようには考えなかった。

なぜといわれるとちょっと困るが、古風にいえば第六感、新しい言い方をすれば潜在意識とでもいえばよいのだろうか、おれはこの事件が殺人事件であり、しかもこれから起る大事件の序幕にすぎないのだと思ったのだ。

しかも、おれの瞼には、おびえたような君雄の顔が焼きついていて離れなかった。あれはたしかに、ただのノイローゼや神経衰弱のためではなかった。そして、あの黒オーバーの男が、おれにはひどく気になった。おれの疑惑は深まる一方だった。

しかし、おれは忙しい体だ。慶子という娘を探し出して、竜子の鼻をあかしてやらねばならなかったし、ほかにも何だかんだと、いろいろな事件を持ちこまれていた。おれも私立探偵で飯を食っているのだから、金になる仕事を放ったらかしておくわけにはいかないのだ。

それに、私立探偵の力などというものは、残念ながらたかが知れている。警視庁が一度自殺と推定して、捜査を打切った事件を、こちらが一人で調べなおすというのは、大変厄介なことなのだ。

そんなわけで、蒙古王と黒魔王という二つの言葉は、おれの頭の隅っこに、いつの間にかおしやられていた。

だが、おれの予想に狂いはなかった。それから一週間ほどたって、事件は大きく展開していったのである。

第二章

京都から帰って五日目に、おれは渋谷常磐松にある今川行彦の家を訪ねて行った。

慶子という娘の行方は、まだ見当もつかなかったが、一応、中間報告をしておくのが、私立探偵の義務だったからだ。

大きな洋館の、立派な応接間に通されると、先客があるらしく、行彦は三十五六の男と話しこんでいた。

今川行彦は立ち上って、おれを迎えると、その客におれを引きあわせた。

「大前田先生、ようこそ……こちらは、有名な大塚財閥の当主、大塚徳太郎氏で……」

「いや、財閥などと、とんでもない話です。売家と唐様で書く三代目——といいますが、私などは二代目で、もう潰してしまいましてね」

大塚徳太郎は皮肉な笑顔で挨拶した。

たしかに、財閥としての実体はとっくになくなっている。一代にして財閥を作り上げた先代の大塚徳右衛門は、今度の戦争中に世を去り、戦後大塚財閥の名は完全に影をひそめてしまったのだ。

しかし、残された財産は莫大なもので、この大塚徳太郎は、ただ山林や不動産や株券などの管理をして暮していればそれでよいといった結構な身分なのだという話は聞いていた。

だが、格別何の事業も営まなくてよいという身分ではあるにせよ、大塚徳太郎の顔には精彩がなさすぎるようにおれは感じた。皮膚は黄色く、たるんでいて、眼もどんよりと曇った色をしている。金にあかして、放蕩三昧をしたのだろうが、それにしても、あれだけ旺盛な事業欲を持っていた徳右衛門の息子にしては、徳太郎はあまりにも情なさすぎる不肖の息子だという感じがしたのだ。

しかも、徳太郎の行彦に対する態度は、まるで家賃をためている男が家主に対するような、へりくだったものだった。相手が目上だから――といえばそれまでの話だが、まがりなりにも財閥の後裔である徳太郎が、そんなにつつましやかであるとは思えなかった。

何かいわくがある――おれはそう思った。しかし、他人の秘密を一々気に止めるのは私立探偵に必要な性格なのだが、それを良い方に使うか、悪用するかは別問題だ。他人の秘密をあばいて、強請(ゆすり)をやる、ごろつき探偵も同業者の中にはいくらもいるらしいが、おれはそんなたちの悪い男ではない。

大塚徳太郎は、もう用件がすんでしまった後らしく、何か二言三言、行彦にひそひそと耳打ちをすると、帰っていった。

おれは、慶子探しの件についての中間報告をした。やはり、行彦はちょっとがっかりしていたが、

「いや、こんな厄介な尋ね人がそうすぐにうまくいくとは私も思っていませんでした。御面倒だとは思いますが、どうか今後とも仕事をつづけていただきたいものです。捜査費用はあれで、まだ間に合っているでしょうか？」

「ええ、まだ十分あります。これからも努力してみましょう。川島さんの方も、まだ目鼻はついていないようですね」

おれは、ちょっとかまをかけて、竜子の方の様子を聞き出そうとした。

「川島さんも、一生懸命やって下っているようですが、まだいまのところは……」

行彦は沈痛な顔をしていたが、おれは逆にほっとした。とにかく、竜子には、一点でもかせがせないつもりなのだ。

「ところで、今川さん、あなたのこの前のお話には、少々不審な点があるのですがね」

おれは、この前から考えている点を、はっきりさせるつもりで、こう切り出した。

「私が調べたところ、あなたがブラジルへ行かれたという昭和十二年当時、あなたは軍籍にいたはずなのですがね」

行彦の顔には、一瞬ちらりと動揺の色が浮んだが、すぐにふつうの表情にかえると、照れかくしのように笑い出した。

「いや、さすがは大前田先生です。ブラジルへ行ったのは本当ですが、それには少々事情がありましてね……」

「失礼ですが、あなたは軍籍離脱者では？」

おれは、ずばりといってやった。

「大前田先生、御明察恐れ入りました。まったくその通り、しかも、私は兵営から脱走したような、なまやさしいものではなくて、戦線離脱者なのです。むかしの軍刑法には、その場で、ただちに銃殺――という極刑が定められていたものですが……」

「やはり、そういうわけだったのですね。実は……」

おれは、澄江や慶子のところに何度も憲兵隊が調べに来ていたらしいことを話してやった。行彦はうつむいて、

「妻子も肩身のせまい思いをしたことでしょう。あの時代のことですから、売国奴、卑怯者と、ありとあらゆる悪口を、私の代りに浴びせかけられたに違いありません。私も罪なことをしました……ただ、私はあのころ、本当に戦争が大嫌いで、こわかったのです。大砲の音を聞いただけで、気が狂いそうになるくらい、神経が参ってしまうような始末で、今の言葉でいえば、一種のノイローゼだったのかもしれませんが、とにかく、戦争に自分が参加するなどということは、私には、とても耐えられなかったのです。それも、内地で訓練を受けている間は、まだ何とか我慢も出来ましたが、いよいよ日華事変が起って、中国大陸へ送りこまれると、戦争に対する嫌悪と恐怖は、その極に達しました。ある戦闘のとき、私はとうとう戦場から脱走したのです。以前に、中国人と取引をしていたこともあり、幸いに中国語はうまかったので、中国人に変装して、南へ逃げのびました。いろいろと苦労はしましたが、どうにか香港までたどりつき、そこで知合いになった華商の援助で、うまくブラジル行の機会をつかんだようなわけなのです。くわしく話せば、

大変な冒険談になりますが……」

行彦は、当時を回想するように、眼をとじていたが、つづけて、

「いまはすっかり時世が変っているので、話しても別にどうということはないのですが、あまり名誉な話ではありませんから、この間もお話しようかと思いながら、つい、いいそびれていたのです。徹底した平和主義者で、断固戦争に反対していた……とでもいうのならばともかく、私の場合は、それほどしっかりした主義の上に立って行動していたのではありませんでしたからね。しかし、大前田先生にかかっては、かくしごとは無駄なようですね」

「本当のことがわかればそれでよいのです。こちらは何も、過去の秘密をあばきたてたいのではありません。ただ、捜査の上からは、こうした事実も参考になりますのでね、一応たしかめておきたかったのです」

おれは、心配そうな顔をしている行彦を安心させるために、そういってやった。

おれは、今後とも、慶子を探し出すための捜査をつづけることを約束して、行彦の家を辞去した。もっとも、内心は、この厄介なばかりで、少しも面白くないこの事件に、いささかうんざりしていたのだが……

このまま事務所へ帰るのも気が進まなかったので、おれは渋谷から地下鉄に乗って、銀座へ出た。

別にこれというあてもなく、一軒の喫茶店へとびこんだのだが、運命の神は、ここでもおれを

黒魔王の事件に結びつける一つの機会を与えてくれたのだ。

熱いコーヒーをすすりながら、何気なく、おれはななめ向いのボックスに坐っている娘を観察していた。

何度も、何度も腕時計を見つめては、大きく溜息をついているのだ。別段珍らしい光景ではない。彼氏が来るのを、待ちくたびれているのだろう。おれがその娘を注視していたのも、ほんの気まぐれだったのだ。オフィス・ガールらしい可愛いい娘だったが、絶世の美人というわけではない。もちろん、おれが妙な色気など起したわけでもない。

娘は、立ち上って電話をかけに行ったが、しばらくすると重い足取りで、テーブルにもどって来た。そして、ついに待人来らずとあきらめたのか、ハンドバッグを手にして立ち上りかけた。

おれも、いっしょに立ち上ろうとしたが、その時起ったことが、完全におれの興味をかきたてた。

扉を肩でおしあけるようにして、一人の男がまるで転がりこむようにして店の中へ入って来たのだ。

「あら……」

娘の、嬉しそうな低いつぶやきが聞えた。

しかし、おれが驚いたのは、その男が、顔見知りの、東洋新聞の社会部記者、湯浅勝司(ゆあさかつじ)という男だとわかったからだ。しかも、店の薄暗い照明の中でも、何かとり乱していることだけは一目でわかる。肩をはずませ、身をふるわせ、あらぬ方向を見つめている。

若いながらも、沈着機敏な、いつもの湯浅勝司らしからぬこの態度は、おれに激しい興味を起させたので、おれは二人の眼につかぬように、薄暗いコーナーに、また身を沈めた。

「馬鹿な……そんな馬鹿げた話が……」

低い、嚙みつぶすような調子で、湯浅勝司がつぶやいている。

「どうかなさったの?」

心配そうな娘の声だ。いままで待たされたうらみも忘れてしまったような調子だ。

「いや、べつに何でもないんだ……」

湯浅勝司は、そばに棒立ちになっているウエイトレスに気がついて、あわててコーヒーを注文すると、

「べつにどこも悪いというわけじゃないんだが、ちょっと気になることがあるんで、ついそれが態度に出たんだろう」

「気になることって、お仕事のこと? それとも部長さんとでも衝突なさったの?」

「そんなつまらないことじゃないよ」

勝司はポケットからメモ用紙をとり出して、何か書きつけたが、ここからでは見えない。

「これだ。これが僕の心配のたねなんだ」

「黒魔王? 何なの、これは?」

娘の言葉に、おれは思わずとびあがりかけた。近藤君雄の死体の手に、にぎられていた名刺に書かれていた文句を、こんな所で、しかも恋人同志らしい二人の会話の中で耳にするとは! お

れは全身を耳にして、二人の会話にいっそう注意を払った。

「人間の名前だよ。怪物だ。いや、地獄の底からはい出して来たような大悪魔だ」

勝司は、熱にうかされたような口調でいっていた。

「まあ……そんな恐いやつを、社のお仕事で追っかけていらっしゃるの?」

「そうじゃない。部長も仲間もまだ知らないんだ。僕だって、そいつの名前を知ったのは、ほんの偶然なんだ。あんまり、その陰謀は気違いじみた恐ろしいもので、自分でもどうしていいか、わからないんだ……」

コーヒーが運ばれて来ても、勝司は手をつけようともしない。恐ろしそうに、茶碗を見つめて、

「この中には、毒は入っていないだろうね?」

娘は悲しそうに、大きな溜息をついた。たしかに、今日の湯浅勝司の態度は、完全に気違いじみていた。

「まさか!　いったい誰がこんなところで、あなたのコーヒーに毒など入れるとおっしゃるの?気のせいよ、みんな、あなたの気のせいよ。黒魔王なんて、どこにもいやしないわ。みんな、あなたの妄想が生みだした幻覚なのよ。きっと、お仕事が忙しすぎて、あなた、つかれすぎているのよ」

「そうじゃない。やつはたしかに生きている。君や僕と同じように、生きて東京のどこかにかくれている。ひょっとしたら、いまこの喫茶店に坐っていて、僕たちの話を立ち聞きしているかもしれない……」

おれは、ちょっと妙な気持になった。まさか、この大前田英策が、祖先の英五郎ゆずりの地獄耳で立ち聞きしていようとは、芝居のせりふではないが、湯浅勝司も、その黒魔王という野郎も気がつくまい。

「まさか！」

娘はちょっと笑い出しかけたが、勝司の真剣な表情に気押されたように、真顔にかえると、

「どんな相手かしらないけれど、そんなに恐ろしい男なら、あなた一人でくよくよ心配していたってどうにもならないでしょう。警察へなり、部長さんなりにお話しなすったらどう？」

「とんでもない……そんなことをしたら、それこそ身の破滅だ。第一、あんな恐ろしい、あんな気違いじみた話をしたところで、誰が本当にしてくれると思う？」

「お話の内容がわからなくっちゃ、わたしだって、これ以上申しあげようもないわ」

娘は少しすねたような様子を見せたが、やがて心配そうに、

「あなたは疲れていらっしゃるのよ。そんなことくよくよ思いつめていないで、映画でも見に行きましょうよ。どたばた喜劇か何か、うんと陽気な映画を見て、腹をかかえて笑ったら、黒魔王のことなんか忘れてしまうわ」

勝司は、立ち上りかけた娘をあわてて手で制した。

「待ちたまえ。今日は映画なんか見ている時間がないんだ」

「またお仕事？　あなたはいつでも仕事の鬼なのね」

娘は泣き出しそうな声でいったが、湯浅勝司はその言葉も耳に入らぬようだった。ポケットか

ら一通の白い封筒をとり出して、

「僕にもし万一のことがあったら、殺されるか、行方不明になるようなことがあったら、これを開けて、誰か信用のおける人間と相談した上で、中に書いてある通りにして、仇を討ってくれたまえ」

と、おだやかならぬことをいい出した。

「仇討とは大げさね。いったい、どうしたわけなの？」

娘は、おろおろ声でたずねたが、勝司はそれにも耳を貸さず、大あわてに席を立つと店をとび出して行った。

「待ちたまえ、湯浅君！」

たまりかねて、おれは大声で叫んだ。

「おれだ。大前田英策だ！」

おれも大急ぎで店をとび出したが、勝司はおれの方を、おびえたような眼でちらりと眺めると、まるで逃げるように雑踏の中へ姿を消して行った。

おれは必死になって追いかけたが、勝司は眼の前を通りすぎようとした自動車を呼びとめて、それにとびのった。車はそのまま、夕闇の町の中へ走り去って行った。

喫茶店の前には、さっきの娘がハンカチをにぎりしめて、涙を浮べて立っていた。おれはその様子が気の毒でもあり、また、何となく気になったので、言葉をかけた。

「僕は湯浅君とはちょっと知合の、私立探偵、大前田英策というものです。さっきからの様子は、僕も見ていたのですが、どうも彼はただのノイローゼだとも思えないのですがね……まあ、困ったことがおこったら、僕のところへ訪ねていらっしゃい」

おれは娘に名刺を渡して別れた。

その時、この娘が黒魔王の事件に巻きこまれて、重要な役割をはたすことになろうとは、おれにも予想のつかぬことだった。そうと知っていれば、この娘をもっとひきとめて、どこかでゆっくり話を聞いておいたのだが……

黒魔王という言葉は、近藤君雄の変死事件に対するおれの興味を再発させたので、どうせ銀座まで来ていることだから、例の「蝙蝠」というバーへ行ってみれば、何か探り出すことが出来るかもしれないと思って、おれは銀座の裏通りにあるその店を訪ねてみることにした。

面倒臭い尋ね人ばかりに、時間と神経をつかっていては、こっちも体がもたない。近藤君雄の事件に首を突っこむのは、いわばおれの道楽なのだが、たまには息ぬきの道楽をしても悪いという法はあるまい。

蝙蝠の形をした黒い木の板に、赤い字でBAR BATと書かれた看板の下っている、小じんまりしているが、なかなかしゃれた構えの店を見つけ出したおれは、そのドアを押しあけて、中へ入った。

店の中は薄暗かったが、眼が慣れてくるとおれはそこに来ている客だねを知るために、ひとわたりぐるりと見まわした。私立探偵などという商売をやっていると、こういうことが半ば習慣的になってしまうものである。

外人の顔も二三見え、バイヤーらしい男や実業家タイプの人種が多いところから見て、ここは、かなりの高級バーらしい。カウンターの後の棚に並んでいる酒瓶を一わたり見まわしてみても、それはすぐわかる。

おれはわざと人気のない隅の席に坐って、近づいて来た女の子にキング・ジョージのダブルを注文すると、

「おい、マダムはいるかい?」

とたずねてみた。

「ええ、むこうにおりますが、何か御用でございますか?」

「うん、手があいたら、ちょっと来てもらいたいのだがね。いや、別にマダムを口説こうというんじゃないよ」

女の子はちょっと妙な笑い方をして、奥の方へ行ったが、間もなく、三十才ぐらいの日本人ばなれのした、エキゾチックな美貌の女が近づいて来た。毒のある花のような、少々どぎつい感じがするが、全身からあふれ出るような色香は、さすがに女盛りという印象を与えるのだ。マダムの近藤みどりに違いない。

「そちらさまはあまりお見かけしませんけれど、失礼ですが、どなたさまでございます? わたくしに何の御用でございましょう?」

酒場のマダムにしては、ちょっと切口上じみた文句だが、恐らく夫の怪死にからんで、警察な

どからいじめつけられ、警戒的になっているのだろうとおれは思った。

「僕はこういう者ですがね、なくなった御主人には京都でお会いして、あの事件のあった列車にも、偶然同じ寝台車に乗りあわせていたのですがね……」

おれは名刺を出して、単刀直入に切りこんだ。

「まあ……」

いやなことを思い出させる——とでもいうように、みどりはちょっと眉をひそめた。その顔には、ちらりと暗い影が走った。

おれは一応形式的なおくやみの文句を並べた後で、

「実は、おなくなりになった御主人に京都でお会いしたとき、自分の身辺をそれとなく警戒してくれるようにと頼まれましてね。そのときは、何だかノイローゼみたいに思えたので、僕もいい加減な返事をしておいたのですが、まことに不覚の至りでした。あんな事件が起ってみると、僕も御主人の言葉が思い出されましてね。警視庁では自殺といっているようですが、そんなことがあったもので僕は大いに疑問を持っているのですよ」

と、少々かまをかけて話しかけた。近藤みどりの顔は、暗い燈の下でも分るくらい蒼白く変っていった。

「では、主人は誰かに殺されたのだと……?」

「いや、そうはっきりは断言はしませんがね。僕も一度、御主人から頼まれたという縁もあるので、徹底的にこの事件を調べ上げてみようと思いたったのです。奥さんも、それには御異存はないと思いますが……」

　近藤みどりは、黙ってうなずいた。

「それで、奥さんに少々おたずねしたいのですが、御主人は京都に行かれる前、誰かに脅迫されているような様子はありませんでしたか？」

「さあ、べつに……」

「御主人が京都へ行かれた用件は？」

「宝石の取引か何かのことだと申していましたが、わたくしはくわしいことは存じません」

「なるほど。それでは、奥さんは、蒙古王という言葉をお聞きになったことがありますか？」

「蒙古王？　さあ……何ですの、それは？　最近、源義経（みなもとのよしつね）が蒙古へ渡って成吉思汗（ジンギスカン）になったのだということを書いた本が出て、評判になっているそうですけど、蒙古王というのはその成吉思汗の後裔なんでしょうかしら？」

　近藤みどりは冗談めかして、そんなことをいったが、その顔にちらりと動揺の色が浮んだのを、おれは見逃さなかった。

「妙なことばかりおたずねしますが、それでは、奥さんは黒魔王という言葉もお聞きになったことがありませんか？」

「黒魔王！　いいえ、いいえ、知りませんわ……」

　しかし、今度こそ、近藤みどりの胸は大きく波打っていた。

　この女は、やはり何か知っている――おれはもう少し質問をつづけようとしたが、みどりは、

「大前田先生、そのお話はいずれまた、ゆっくりうかがわせていただきますわ。いまは、お客様もあることですし……」

といって、逃げるように立ち去って行った。

おれは飲み残しのウイスキーを一息にあおって、これ以上ここにいても無駄だと思ったので、店を出ようとした。

しかし、そのとき、

「大前田先生！」

と呼びかけて来た声があって、おれはふりかえった。東洋新聞の社会部記者の阿部利弘だった。

「先生、いま、先生はたしか黒魔王とおっしゃいましたね？」

おれも思わずはっとして、

「君は知っているのか？」

「いや、何を意味する言葉なのかは、全然わからないのですがね……ただ、ちょっと気にかかる文句なので……」

「どこで聞いたのだね？」

「湯浅勝司が口走っていたのですよ。それは何のことだ――と聞いたら、あわてて、何でもないといっていましたがね。その態度が少し妙だったので……」

「なるほど……阿部君、ここではまずいな。どこかほかの店へ行って、話さないか？」

「ええ、そうしましょう」

おれは、阿部利弘といっしょにバーを出て、近くの静かな喫茶店へ入った。

「ところで、君はいま、どうしてあのバーへ行っていたんだい？　失礼だが、新聞記者が気楽に出入り出来るような手軽なバーではないと思うがね」

おれは喫茶店に入ると、まず遠廻しにたずねてみた。阿部利弘も何かの狙いがあって来ていたのに違いないと睨んだからだ。

「先生、さすがによくお気がおつきになりますね。いまもお話したように、湯浅君の行動にどうも不審な点が多いので、最近彼があのバーへよく来ているという話を聞いて、ちょっと探りに入ったというわけなのですよ。あいつは僕の親友ですから、僕も気になりましてね……」

阿部利弘は、湯浅勝司が何かにおびえているような態度をしていたこと、どうも気違いじみた行動をとっていたことなどを、おれに説明した。

「なるほどね。実は、僕も今日、湯浅君を見かけたのだよ」

おれも、今日の喫茶店での一件を話してやった。

「そうでしたか。先生、たしかに、その通りなのですよ。この前僕にあったときも、そんな調子だったのです。ただ、仇を討ってくれなどとは一言もいいませんでしたがね。何だか特種を一人占めにしているような様子でした。新聞社の仕事は、チームワークをうまくとるというのが原則ですのに、どうして単独行動を取っているのだろうと、あのときは、僕も内心ふしぎに思っていたくらいだったのですが……しかし、やはり、妙におびえているようでしたね」

「うむ……湯浅君は、社の方へは毎日顔を出しているかい？」

「いや、それが、彼は土屋部長の特別の命令で、いま一つの事件をまかせられているので、たまに報告に顔を出すぐらいで、ほとんど社へは来ていないのですよ。彼が少し妙になりだしたのは、その任務についてからなのですがね……」

「その事件というのは？」

「何でも、旧財閥の大塚家のお家騒動か何かに関するものらしいのですがね。くわしいことは、土屋部長と湯浅君のほかは、誰も知りませんよ。彼はきっと、その調査の途中で、何か恐ろしい事実でも発見して、誰かに脅迫されているのだろうと、僕は考えているのですがね」

「大方そんなところだろうな」

おれはまた、じっと考えこんでしまった。ここでもまた、偶然かどうかは知れないが、大塚財閥の名が出て来たのだ。

「阿部君、その大塚家のお家騒動というのは、だいたいどんなものかわからないかい？」

「くわしいことは、湯浅君が調べているはずなのですから、僕の知っているのは、社会部記者としての常識程度のことなのですが……」

「結構だ。僕は旧財閥のごたごたなどには、いままで全然関心がなかったからね。君の知っていることを話してくれたまえ」

おれが、阿部利弘から聞いた話は、およそ次のようなものだった。

先代の当主であった大塚徳右衛門の死後には、悠子という未亡人と、さっきおれが今川行彦の家で会った長男の徳太郎、次男の福二郎（ふくじろう）の二人の子供が残された。

ところが、徳右衛門は一代で財閥を作り上げたほどの男であっただけに、女の方にかけてもなかなかの強者（つわもの）で、正式な子供のほかに、妾腹の子供とか、愛人に産ませた子供とかいうのが何人もいて、なかなか複雑な事情があるらしい。

しかも、徳太郎の妻の陽子（ようこ）というのが大変な悪太郎で、悠子はいっしょに本宅におられずに、家を出て小さな家に淋しく暮しているという始末……徳太郎と福二郎の兄弟仲も、まるで犬猿の仲よろしくといったありさまらしい。そして、死んだ近藤君雄も、徳右衛門の妾腹の子で、これが二人の兄弟の間にあって、微妙な動きを見せていたようなのだ。

そしてまた、福二郎の妻の君代（きみよ）という女も、なかなかのしっかり者ではあるが、欲の深い女だという評判だった。

このような複雑な血縁関係とか、財産をめぐっての親子兄弟の不和というものは、むかしの名門や上流階級にはありがちなことなので、それほど異常なものだとはいえないが、遺産問題も一応おさまったはずの今日、また何かごたごたが起ったらしく、一族の間が急に険悪になったらしい。

財閥としての実体はとっくになくなってはいるが、その所有する宝石類だけでも莫大なものだという。そういうものをめぐって、また何かのいざこざが起ったということも十分に考えられるのだ。

しかも、先代の徳右衛門は美術愛好家で、金にあかして泰西（たいせい）の名画をかなり集めていたので、それをめぐって、画商などのいろいろな連中が徳太郎や福二郎の身辺につきまとっているという話もあるのだ。

そして、こうしたごたごたにはつきもののいろいろなスキャンダルが大塚家の中ではいつも渦を巻いていて、それがお家騒動をいっそうあおりたてているということだった。

土屋社会部長も、そういう点に眼をつけて湯浅勝司に調査を命じたらしいのだ。あるいは、彼も新聞記者のベテランに特有の鋭い勘で、おれと同じように近藤君雄の変死に疑問を持ったのかもしれない。

「ですが先生、いったい蒙古王だとか、黒魔王だとかいうのは、大塚家のごたごたにどう関係があるのでしょうね」

阿部利弘は溜息をついていった。

「さあ、そもそも直接関係があるのかどうかも問題だがね……」

おれも、ちょっと慎重ないい方をした。なにせ、まだ何の目星もついていないのだから、はっきりしたことはいいようがなかったのだ。

ただ、おれは、今川行彦の家であった大塚徳太郎の生気のない顔と、妙にへり下った態度とを思い浮べた。そして、何か起るのではないかという漠然とした予感が胸のうちに湧いて来た。

おれも、阿部利弘もしばらく黙って考えこんでいたとき、喫茶店の女の子が、

「あの、大前田英策様というお方はいらっしゃいますか？　お電話でございますが……」

と、店の中を見まわしていった。

いったい、誰が、おれがこの喫茶店にいることを知って、電話をかけて来たのだろう――と不審に思いながら、おれは電話口に出た。

「大前田ですが、あなたは？」

「大前田先生、つまらぬことに首を突っこむのは、よした方が身のためじゃないかな」

低い、不気味な声が聞えて来た。

「誰だ、貴様は？」

「ふふふ、黒魔王という者だがね。つまらぬお節介はやめたまえ――と忠告しておくよ」

おれの心臓は、さすがに激しく動悸していた。敵はついに表面にあらわれて来たのだ。

「何をしようとおれの勝手だ。そちらから名乗って出てくれたのだから、おれの方も、そのうちに、挨拶にうかがおうぜ」

「ふふふ、結構なせりふだが、後でほえ面をかくなよ」

地獄の底から伝わって来るかのような、不気味な低い声は、そこで切れた。

相手は、おそらくおれが相当の秘密を嗅ぎつけたものと感違いして、挑戦してきたのに違いない。

こうして、おれはついに、黒魔王の事件にとびこむことになったのだ。

行彦から依頼された慶子探しの件は、おれの頭の隅っこに、すっかりおしやられてしまったのだった。

といって、一旦引き受けたことを放っておくわけにはいかないから、この方は助手にでもまかせて、おれは黒魔王というやつにぶつかっていこうと思った。

この後、どういう手をうったものかと、阿部利弘と別れてからも、おれはしばらく思案をしていた。

第三章

黒魔王という怪物と対決するといっても、相手の正体も、その目的も、さっぱりわからなくてはどうしようもない。

そこで、おれは黒魔王に関係があると思われることで、こちらからさぐり出せそうな手がかりを考えてみることにした。

まず、近藤君雄の変死事件がある。しかし、これは前にもいった通り、一介の私立探偵にすぎないおれが、いまから捜査に手をつけるのは容易なことではない。

次に、湯浅勝司の奇妙な行動と、それにからんだ大塚家のお家騒動というやつをさぐれば何かつかめそうだ。これは、助手をやって下宿を調べさせたり、東洋新聞の土屋社会部長にあって、湯浅勝司の仕事の性質をくわしく聞き出したりして、おれの方でも何とかやれそうだ。

そこで、おれはまず助手の野々宮(ののみや)に湯浅勝司の下宿を調べるように命じた。

しかし、結論からいうと、この捜査からはあまり得るところはなかったのだ。

野々宮の報告によると、湯浅勝司はここ三四日ばかり、全然下宿に帰っていないということだった。新聞記者という職業の性質上、そういうこともあり得るだろうが、全然何の連絡もなしに三四日も家をあけるということは、これまでなかったことなので、下宿の方でも心配していたという。その行方については、まったく手がかりはなかった。

野々宮が下宿を訪ねて行く少し前に、勝司の恋人で小宮裕子という娘がやって来て、いないと知ると、しょんぼりした顔をして帰って行ったという。野々宮が下宿のおかみから聞き出したその娘の人相や特徴は、おれが例の喫茶店で見かけた娘とそっくりだった。

おれはあのとき、その小宮裕子という娘をもう少しひきとめておいて、いろいろ事情を聞いておけばよかったと後悔したが、いまとなっては後の祭だ。なにぶん、あのときには事態がこれほど切迫していなかったので、おれとしてもそこまでお節介がましいことは出来かねたのだ。

いよいよとなれば下宿のおかみをうまく丸めこんで、勝司の部屋を探せば、裕子からのラヴレターの二通や三通は出て来るに違いないから、それで裕子の住所もわかるというものだ。いまからでも取返しはつく。

ただ、いまのところ小宮裕子から有力な情報を引き出すことが出来そうには思えない。あの喫茶店での会話から察して、裕子が何も知らないのはまずたしかなようだ。そうすると、いま裕子をあわてて探し出しても、あまり意味はないことになる。

とにかく、湯浅勝司の線を洗って行く以外にないように思われたので、その次におれは自分自身で土屋社会部長に会いに行くことにした。

土屋社会部長とは顔見知りだから、電話で、湯浅勝司のことについて、至急に会いたいのだが——と、都合をたずねると、むこうも彼のことを心配していたらしく、すぐに会おう——といってきた。

おれは車を飛ばして、いつものことながら火事場か戦場のように騒々しい東洋新聞社へとびこんで行った。

面会——などといっても、応接間にのんびり坐っているようなわけにはいかない。

夕刊の締切りが終ったとはいうものの、息つく間もなく朝刊の地方版の仕事がひかえている。

社会部長のデスクの前に突進していったおれは、挨拶ぬきで用件に入った。

まず、偶然のきっかけから湯浅勝司の奇妙な行動を目撃したことを話し、ある事件に関係がありそうなので、彼の下宿を調べたことを話して、

「社の方には、連絡があるのか?」

「いや、それがここ四日間、全然ないんで、おれも心配していたんだ。原則として……」

ジリジリジリ……土屋社会部長はあわただしく、受話器を取り上げたので、話は中断されてしまった。

「原則としてだ……どんな場合でも、一応社との連絡は電話でかならずとることにしているのだが……」

「湯浅君は何でも、大塚家のお家騒動を調べているということだが、君の狙いは?」

「うん、なんでも、財産争いが再燃したということなのでね、一応調査を命じたのだ。それに……」

ジリジリジリ！　また電話だ！　おれもいい加減気ぜわしい男だが、新聞記者という人種は、よくまあノイローゼにならないものだ。

「それにね……君にだから話すが、最近泰西名画の巧妙な偽物が出まわっているという噂があるのだ……いいかね、こいつはうまくいくとうちの社の特種になるから、誰にもしゃべってもらっちゃ困るぜ……」

「わかったよ。おれを信用してくれ。うまくいけば、それ以上の特種をこちらから提供出来るぜ。それが大塚家と……？」

ジリジリジリ！　今度は二本もいっしょにかかって来た。

「つまりね、その偽物が大塚家から流れているらしいという噂があるんだ。そのために、湯浅に特に命令して……」

「部長！」

一人の記者がとびこんで来て早口で何かしゃべりだした。土屋社会部長が何か二言三言しゃべると、彼はジェット機のような勢いでまたとび出して行った。

「なるほど、それでどの程度まで、その調査は進んでいるんだ？」

「それが、湯浅との連絡が断えているので、こっちにもわからんのだ……」

「そうか。いや、どうも忙しいところをお邪魔したな。湯浅の行方がわかったら、知らせるよ」

「うむ、いまのところ、まだ行方不明と決めるのは少し早計だと思うが、わかったらよろしく頼む。暴力団にでもひっかかりがないとは断言出来ないからな……」

また電話と格闘を始めた土屋社会部長を後にして、おれは部屋を出た。

部長はあるいはもっと何かの事情を深く知っているのではないかという疑いが、おれには起って来たが、激烈な新聞社の特種競走を考えれば、ここまで打明けてくれただけでも上出来といえた。とにかく、名画の偽物という新しい捜査の糸がつかめたわけだ。

おれは事務所へ帰るとすぐ、助手の中原(なかはら)を呼んで、画商のところを訪ねて、この噂の真偽と心あたりをたずねて来るようにと命じた。

ようやく一息ついて、煙草に火をつけたところへ、秘書の池内佳子(いけうちよしこ)が、

「先生、今川行彦さんからお電話です」

と、受話器を差し出しながらいった。

おれは苦い顔をして、仕方なく電話へ出た。

「大前田先生ですか。その後の調査は……」

「はあ、目下鋭意捜査中ですから、もう少しお待ちを……なにしろ厄介な尋ね人ですのでね、新しい情報が入りしだい、すぐにご連絡しますから……いま忙しいので、失礼！」

おれは、いうだけのことをまくしたてて、相手がしゃべり出さないうちに電話を切ってしまった。

こんなときに、つまらない娘さがしに、このおれがかかわりあっておられるものか！

黒魔王という怪物の正体をあばき出すまでは、こっちの方は助手の島村(しまむら)にまかせておこうとおれは決心した。島村は根気のよい青年だから、こつこつとうまくやるだろう。

島村もだいたいのことは知っていたが、おれはもう一度、いままでの慶子探しの経過を彼にくわしく説明してやった。これで、おれの方は、面倒なばかりで面白くもないこの仕事から手をひいたというわけだ。

「いいかね、君の腕を見こんでこの仕事は完全に君にまかせるのだよ。探偵事務所のお客としては、金払いのよい大切なお客なんだからな、全力をつくしてもらいたい」

おれは島村の肩をぽんと一つたたいた。親愛なる助手は、すっかり感激して大きくうなずいていた。これで、この方はまず安心だ。

夕方になって、中原が帰って来た。

有名な画商の藤木静雄(ふじきしずお)のところを訪ねたところ、たしかに大塚家から名画の偽物が流れているという噂はあるが、当方としては信用にもかかわることなので、くわしいことは申しあげられない――という返事だったそうだ。

ただ、藤木静雄は、自分は戦前に大塚コレクションを見せてもらったことがあるが、その中には偽物など一つもなかった――と、はっきりいい切ったという。

そうすると、噂が本当だとすれば偽物は後から巧妙に模造されたのか、もともと本物といっしょに偽物も買ってあって、その偽物の方が流れ出しているのかどちらかなのに違いない。

中原はほかの画商のところへも行ったが、どこでも同じような調子らしかった。

とにかく、問題が専門的なことなので、これもどこから手をつけてよいかわからない、厄介な話だった。

おれは何かの役に立つかもしれないと思って、藤木静雄に電話をかけ、出来るだけ完全な大塚コレクションのリストを作ってもらえないかとたずねた。

藤木静雄はちょっと考えていたらしいが、そのぐらいのことならば、何も信用にかかわることではないと思ったのだろう。わりにあっさり承知してくれた。

しかし、結局のところ、湯浅勝司の線も、名画の偽物の方も、すぐには何の役にも立ちそうにないわけだ。勝司の足どりは全然つかめないし、絵の方はそれが黒魔王と直接結びつくものかどうかさえもわからない。

おれはもう一度この事件を最初から考えなおさなくてはならなかった。

よく考えた末に、おれは近藤君雄の変死事件をもう一度よく調べてみる以外に道はないという結論に達した。一番困難そうに見えた方法が、実は一番見込みがあるという皮肉な結果になってしまったのだ。

といっても、警察でするように、もう一度死亡状況を調査したり、関係者を呼び出して訊問したりするわけにはいかない。

そこでおれは、「蝙蝠」のマダム——近藤みどりに尾行をつければ、何か探り出せるかもしれないと考えた。あの女は、おれが蒙古王と黒魔王という二つの言葉を口にしたとき、明らかに動揺していた。たしかに、何か知っているに違いない。

おれは助手の野々宮を呼んで、近藤みどりの尾行をするように命じて、その日は事務所を出た。

野々宮は尾行にはなれているから、きっとうまくやってくれるだろう。

考えてみると、誰に頼まれたわけでもないのに、費用持ち出しでこんな事件に首を突っこむのは、酔狂な話だ。しかし、これはおれの性分だ。金がもらえるからといって、つまらない尋ね人や、素行調査ばかりやっていたのでは、探偵商売の面白さはゼロだ。

まして、黒魔王という奴から挑戦されては、これを受けて立たなければ、祖先伝来の大前田の名にかかわるというものだ。

とにかく、おれの頭は黒魔王のことでいっぱいだった。

その夜、おれは寝床の中で、ふとあることを思いついた。

黒魔王という奴からは挑戦もされたし、湯浅勝司の話からも、恐るべき怪人物らしいと知れる。だが、蒙古王というのは？

おれは都ホテルのロビーでの会話を思い浮べた。この言葉はそれ以後、まだ耳にしていないのだ。

それは黒魔王の味方なのか、それとも敵なのか、あるいは人間ではないのか？

いろいろ考えつづけていると、さすがのおれも、神経がたかぶって来て、なかなか眠れなかった。

野々宮が近藤みどりを尾行し始めてから最初の三日間は、彼女の行動には何も不審な点はなかった。

バーでお客の相手をして、午前一時近くなると店じまいをして、赤坂田町にある高級アパートの「東光アパート」へ帰って行く。

午後四時ごろになると、またバーへ出かけて行くのだが、その間の近藤みどりの行動には何の変ったところもなかった。部屋は静まりかえっているし、訪ねて来る者もいない。

ところが、四日目の夕方五時ごろになって、野々宮から電話の報告がとびこんで来た。

「先生、今日、近藤みどりはアパートを三時半ごろに出ると、『蝙蝠』へは行かずに……」

「うむ、尾行はうまくいったのだな?」

「ええ、いま小田急線の経堂駅で下りて、かなり歩いた末に、一軒の家へ入って行きました」

野々宮の声はすっかり興奮しているような調子だった。

「そこまで、真直ぐに来たのかね? 途中でどこかへ寄らなかったかね?」

「いいえ、どこへも寄りませんでした……」

「よろしい。その入った家というのは?」

「表札には、世田ケ谷区世田ケ谷四丁目三二一八番地、庄野健作(しょうのけんさく)と出ています……私は近くの赤電話からかけているのですが……」

「その家は、何かいわくがありそうな感じかね?」

「そうですね……別に変っているとは思えませんが、ただ畑の中の一軒家で、後は竹林、隣りの家にも十五六間離れているんです。もっとも、このあたりへ来ると、本当に郊外という感じが強いですから、とくに珍らしいこととはいえないと思いますが……」

「うむ……」

おれは、ふと、何か恐しいことが起りそうな予感がした。

「ところで、近藤みどりの態度はどんなふうだね。どんな感じだった?」

「ええ……あまり近づくと感づかれると思ったので、かなり離れて歩いていましたから、はっきりしたことはわかりませんが、何だか気が重くてしかたがないが、どうしても行かなくてはならない——といったような感じでした。少くとも、恋人に会いに行く時のように楽しそうではありませんでしたね」

「そうか……それではむこうに気づかれないように、もう少し見張りをつづけてくれ。そして、最後までみどりを尾行するんだ。家の中に入っている間はしょうがないが、あの女から眼を放してはいけないぞ」

「はい、先生……」

「また折を見て電話してくれ……何か変なことでも起ったらすぐ知らせろよ。いいかね」

電話を切ってから、おれは何となくいらいらしてきた。不安な予感が消えないのだ。近藤みどりが訪ねて行った家が、畑の中の一軒家だというのが第一気がかりだった。隣りの家まで十五六間もあるというのでは、何か起ったとしても聞えそうもないが、そこまで考えるのは、はたして思いすごしだろうか?

おれは自分自身で世田ケ谷へ乗りこみたくなった。しかし、そんなことをしては、野々宮との連絡がとれなくなるし、行き違いになる可能性の方が大きかった。

おれは落着きをなくして、何度も時計を見つめていた。冬の太陽はもうすっかり落ちてしまって、外はしだいに暗くなってきている。

一時間近くもたってから、野々宮からまた電話がかかって来た。

「先生、あの家はいよいよ妙ですよ。少し前に、小宮裕子らしい娘が一人の男といっしょに訪ねて来て……」

「何だって！」

おれは思わず大声を出した。失踪したらしい湯浅勝司の恋人がその場へ来あわせようとは、予想も出来ないことだった。

「それでどうした？」

「家の中へ入ったきりです。近藤みどりもまだ出て来ません……」

「うむ……ところで、裕子らしい娘のつれの男というのは、どんな男だった？」

「それが、暗くてよくわからなかったのです。女の方は、玄関の燈で見えたので、先生のお話や湯浅勝司の下宿のおかみの話などから、小宮裕子らしいと見当をつけたのですが……」

おれはこんなことなら、自分で尾行するんだった——と残念に思ったが、いまさらどうにもならない。

おれは湯浅勝司の背恰好や顔つきなどを説明して、こんな男ではなかったかとたずねた。

「そうですね……似ているようですが、先生のお話より、もう少しやせ型のような感じもしましたが……ところで、先生、この後どうしましょう？　彼等が家を出たらやはり、近藤みどりの方をつけましょうか？　それとも、小宮裕子らしい女の方を？」

「うむ……野々宮、いまからすぐ中原を君のところへ急行させる。彼が間にあえば、君は、近藤みどりの方をつけろ。中原にもう一組の方をつけさせる。間にあわなくても、君はやはり近藤みどりの方をつけるんだ。緊急の策だからしかたがない。おれも出て行きたいが、司令部をがらあきにするわけにはいかないからな……暗くなったから、出て来たときに見失わないようにしろよ」

「わかりました、先生……」

おれはすぐに、助手の中原に情況を手短かに説明して、世田ケ谷へ急行させた。

おれの狙いは、近藤みどりの方が先客で、もう一時間もいるのだから、まず、野々宮にこちらを尾行させ、後からやって来た小宮裕子らしい娘の方は、いまから急行する中原でも間にあう公算が大きいという点にあった。

最悪の場合には、近藤みどりの方だけしか尾行出来ないかもしれぬが、この場合どうにもしかたがないのだ。

だが、事件はまったく思いがけないふうに展開してきた。

中原が出かけてから三十分ぐらいたったとき、野々宮の興奮しきった声が電話からとび出して来たのだ。

「先生……大変……大変なことになりました。近藤みどりがあの家で殺されて……」

「えっ！」

おれのいやな予感は的中したのだ！

「先生に前の電話をおかけして間もなく、一人の男があの家から出て来たのです。そのときは、さては近藤みどりのさらにまた先客があったのかと思ったのですが……とにかく、近藤みどりを尾行するのが私の役目だったので、この男にはあまり気にとめなかったのです……いま考えると残念でたまりませんが……」

「なるほど、それで？」

「その男が出て行って十分ぐらいたったとき、家の中で鋭い悲鳴が聞えたのです。思わずとんで行くと玄関のドアが開いていたので、家の中へとびこみました……」

「うん、それから？」

「声のした部屋へかけこんで行くと、そこにはさっきの二人づれが真青な顔をして立っていたんです。そして、洋服箪笥の前に、近藤みどりの絞殺死体がころがっていました。この二人——娘の方はやっぱり小宮裕子で、もう一人は東洋新聞の阿部利弘という記者だったのですが——二人の話によると、死体はこの洋服箪笥の中にあったと……」

「待った！　電話じゃしょうがない。おれもいまからすぐに行く！」

おれはオーバーをひっかけると、寒風の中へとび出していった。

世田ケ谷の一帯は一方交通の連続で、迷路のような道を行ったり来たりしているうちに、思わぬ時間がかかって、おれがようやく目的の家の前で車を下りたときには、もう七時すぎだった。

警察の車や、新聞社の車が何台か止っていて、玄関先で何人かの新聞記者が一人の警官と押問答をしていた。

警官は両手をひろげて、彼等を入れまいとしているのだ。

「先生、先生！」

と、先に着いていた助手の中原がおれを見かけてとんで来た。

「先生もいらっしゃったのですか。私が着いたときには、もう警察の連中が来ていて、いくら野々宮に会わせてくれといっても、訊問がすむまで駄目だといって、どうしても許してくれないのですよ」

と、弱りきったという顔でうったえた。

おれはわかったという合図に大きくうなずいて、玄関先にいる人々をかきわけて前に出ると、

「私立探偵の大前田英策だが、うちの助手が事件の発見者になっている。重要な用件があるから担当警部にあわせてくれたまえ」

といって名刺を突きつけた。

「何、大前田先生がお出ましだと」

奥から太い声がした。そのとたんに、おれは口いっぱいに苦虫をほおばらされたような気がした。よくよく今日はついていない。あの声の主は正しく赤沼警部――おれをひどく嫌っている男で、もちろんこちらも大嫌いだが、何だって、この警部が事件を担当することになったのだろうと思った。

しかし、ここではそんなことはいっておられない。

「赤沼さん、うちの助手の野々宮はどうしている？　この事件には少しかかわりがあるので、現場を見せてもらえないか。ちょっとでいいから……」

おれは精一杯腹の虫をおさえて下手に出たが、赤沼警部はにやりと笑って、

「駄目だ。いかに大前田先生でも、捜査の邪魔をされては困る。この事件にかかわりがあるのなら、後から警視庁へ出頭して、いうべきことをいってくれ。野々宮君という青年は訊問が終ったらすぐに帰すよ」

と、剣もほろろの挨拶だ。

おれは腹が立って仕方がなかったが、こんなところでは喧嘩も出来ない。下らない手出しをすれば、奴さんのことだから、公務執行妨害だとか何とかいって、このおれをひっぱって行きかねないのだ。

やむを得ず、おれは寒空の下で野々宮が出て来るのを待った。

二十分ぐらいして、ようやく野々宮が出て来た。おれを見ると、たまりかねたような早口で事件の状況を話し始めた。

彼が悲鳴を聞いて家の中へとびこむと、応接間のとなりの八畳間に血が点々ととび散っていて、次の六畳間で死体が発見された。そして、壁のカレンダーの女優の顔の横に、小さな紙片が一枚ピンで止めてあって、それには、黒魔王——という三つの文字が記されていたというのだ。

それを聞いて、おれはじだんだをふんだ。黒魔王に関係がある事件の現場がすぐそこにあると

いうのに、それがこの目で見られないとは！　たった一目でよいのに……赤沼の大馬鹿野郎！

これが黒崎警部あたりだと、何だかんだといいながらでも、ちゃんと見せてくれるのだが……

「死因はわかったか？」

「ええ、絞殺です。私もすぐそう思いましたし、後で警察の人もそういっていました。ただ、かなり抵抗したらしく、外傷があり、それで血が出たのだろうと思います……」

「なるほど、ところで阿部利弘と小宮裕子が死体を発見したわけは聞いたか？」

「だいたいのことしか聞けませんでした。私は死体を発見して、すぐ先生に電話をかけましたし、阿部さんの方は警察と新聞社へ連絡したのです。それで、警察の連中が来るまでのほんのちょっとの間しか、あの二人と話すひまはなかったのです。警部はわれわれ三人を一人一人別々に訊問したので、あの二人が何をしゃべったか、私にはわからないのです」

「なるほど、それで、そのだいたいの状況というのは？」

「何でも湯浅勝司の失踪の件について、裕子が土屋社会部長のところへ相談に行って、この家が勝司の失踪と何か関係があるらしいことがわかったというのです。くわしいことはわかりませんが……」

「うん、おれは阿部利弘をよく知っているから、後でくわしい話を聞くことが出来るだろう。それで、阿部利弘は裕子の用心棒としていっしょにあの家へ訪ねて行ったのだな。あいつは柔道二段だからな……それで？」

「何でも、訪ねて行くと、庄野健作という男は外出の用意をしていたそうで……」

「そうすると、近藤みどりはそれまでに殺されていたことになるな。五時から六時の間ということだ……よし、それで?」

「その男は二人を応接間へ通すと、ココアをすすめて、十分ばかり外出して来るから、ちょっと待っていてくれといって出て行ったそうです。その男を私が目撃したわけです。あいつが犯人と知っていれば、あのとき……」

　野々宮が残念そうな顔をするのを、おれはなだめた。

「いや、君はおれの命令通りに動いたのだ。いまさらそんなことをいっても始まらんよ。ところで、その男はどんな恰好をしていた?」

「オーバーの襟を立てて、マフラーを首にまいて、中折帽を眼深かにかぶっていました。顔は見えませんでした」

「うむ、その男が殺人犯人だということはまず間違いないだろうが、そうだとすると、堂々と黒魔王と名のったところから見ても、どうせ変装をしていただろうな……例の二人の話にもどろう。それで?」

「とにかく、いくら待っても帰って来ないし、ココアを飲もうとすると、妙な臭いがするし……酸っぱいような、青梅みたいな臭いだったと裕子がいっていましたが……」

「うむ、青酸性の毒物だったのだろうな……それは、二人とも危ないところだった……」

　おれは、黒魔王という男の大胆不敵な行動に内心舌をまいた。近藤みどりを殺した後で、平気で客を入れ、毒入りのココアを用意して出て行くとは、なんというやつだろう!

「それにカアカアと不気味な鳥の鳴き声がしたりするので、二人で家の中を調べてみる気になったのだそうです。それ以外のことは、聞くひまがありませんでした」

「なるほど、だいたいのことは呑みこめた。どうも御苦労だったね」

「いいえ、先生、私がもう少し注意していれば近藤みどりが殺されたときに気がついていたかもしれないのですが……」

野々宮は首をたれた。

「それは無理だったろう。そんなことは気にしなくてもいいよ。ところで、念のために聞いておくが、死体を発見したとき、君たち三人のほかには、その家には誰もいなかったのだろうね?」

「ええ、すぐにほかの部屋も調べてみましたが、誰もいませんでした。先生、いったい、黒魔王というのは何者なんです?」

「それが、まだおれにもさっぱりわからんのだ……なぜ近藤みどりを殺したのかもわからない……ただ、近藤君雄が変な死に方をして、その妻のみどりが、今度は黒魔王に殺されたとなると……」

おれはまた、あの都ホテルのロビーでの会話がひどく気になって来た。

おれは、阿部利弘と小宮裕子が家へ帰されるまでねばった末、やっと二人をつかまえて野々宮の話を補足することが出来た。

それは、だいたい次のようなことになる。

裕子は湯浅勝司の行方が知れないし、喫茶店であんなことがあったので、心配のあまり土屋部長のところへ相談に行った。

そのとき、勝司が喫茶店で裕子に渡した封筒を開けてみると、

――もし、僕に万一のことがあったら、世田ケ谷区世田ケ谷四丁目三二一八番地、庄野健作に連絡して欲しい。黒魔王の秘密は彼の掌中にある――

と、ただそれだけの文句をしるした便箋が一枚入っていたのだ。

土屋部長は、阿部利弘を護衛につけ、社の車にのせてやって、二人を送り出したというわけだった。

「庄野健作という男がどんな応対をしたか、もう少しくわしく話してくれませんか」

おれは阿部利弘と小宮裕子に頼んだ。

「僕が用件をつげると、すぐ応接間に通してくれましたが、こっちが人命にかかわる重要な問題で来たというのに、台所の方へ行って嬉しそうに口笛を吹いていました」

「その口笛というのが、ほんとに奇妙なメロディで、とても気味が悪かったんですの……」

小宮裕子も青ざめた顔をしていった。

「ココアの毒に気がついたのは？」

「わたくしですの。飲もうとしたら、とても妙な臭いで……」

「なるほど、女の人は敏感ですからね。そのときの様子をもう少しくわしく話してくれませんか。

僕の助手の話だと、何でも鳥の鳴き声がしたとか……」

「ええ、わたくし、烏は人間の鼻に感じない屍臭がわかるという話を聞いたことがあるんです。ですから、この家にも誰か死んでいるんじゃないかと、ふとそう思って……」

裕子が答えると、阿部利弘も、

「それに、庄野健作という男の態度も妙でしたし、われわれを毒殺しようとしたらしいし……思いきって、家の中を探してみたのです。例の洋服箪笥の引手をひくと、人形のように立てかけてあった女の死体が、僕の肩の上にまともに倒れて来て……」

阿部利弘は大きく身をふるわせていった。

「そのとき、あなたたちが思わず悲鳴を上げて、この野々宮君がとびこんで来たというわけですね」

おれがいうと、二人はうなずいた。

まだいろいろ聞き出すことはあったが、夜もおそいので、おれは質問を打ちきった。

家へ帰る車の中で、おれの胸の中には大きな疑問が黒雲のようにひろがっていった。

湯浅勝司が庄野健作をたずねるようにとの書きおきを裕子に残していったのは、どういうつもりだったのだろうか？

いまのところ庄野健作が黒魔王の変装であることは、まず間違いなさそうだが、その事実を勝司が知らないとしても、「黒魔王の秘密は彼の掌中にある」というのは、どういう気で書いたのだろう？

そして——近藤みどりはなぜあの家をたずねて行ったのか？　なぜ殺されたのか？

おれにとっても、こんな奇怪な、謎に包まれた事件は初めてだった。

第四章

翌日おれが事務所へ出ると、秘書の池内佳子が心配そうな顔をして、
「先生、たったいま、警視庁の赤沼警部さんから、先生にすぐ警視庁へ出頭するようにという電話がかかってまいりましたけど……」

おれはこんなこともあろうと覚悟はしていたから、別に驚きはしなかったが、赤沼警部の意地の悪いやり口には腹が立ってたまらなかった。

むこうは現場を調べあげて、こっちの知らないことをいろいろつかんでいるのだから、それを十分に利用して、優越感にひたりながら、じわじわとおれを質問攻めにするだろう。

こちらには何もやましいことはないのだし、質問をうまくはぐらかす呼吸ぐらいおれも心得てはいるが、職務をかさに着てこの際おれにいやがらせをするのではないかと思うと、考えただけでも胸糞が悪くなる。

おれは警視庁に電話をかけて、黒駒(くろこま)の親分こと、黒崎駒吉(こまきち)警部を呼び出した。まず彼にあって、昨夜の事件についてもう少し知識を得た上で、赤沼警部にあおうというわけだ。

「至急に話したいことがあるんだがね。警視庁の中ではまずいんだ。どこか近くの喫茶店で待ち

あわせてくれないか。昨夜の事件のことなんだが……」

「五代目、また妙な事件に首を突っこんだな……あんたがまた邪魔をしに出しゃばって来たと、赤沼警部がこぼしていたぞ」

「冗談じゃない。こぼしたいのはこっちだよ。あんな意地の悪い奴はないね……だいたい警部なんて奴は、権力を笠に着て……」

「おいおい、おれもその警部の一人だぜ」

「失言失言、とにかく、頼む、すぐ会ってくれよ。実はいま、出頭命令を受け取ったところなんだが……」

「それで、あんたの方も手の中にカードをにぎっておきたいというわけだな」

黒崎警部はこちらの考えをすぐのみこんだらしい。きっと、にやにやしながら電話口に出ているのだろう。

「しょうがないな。まあ、あんたにはいろいろと借りもあるから、ここらで返しておくのもよいだろう。それでは、キャンドルで三十分後に会おう」

キャンドルというのは警視庁の近くにある喫茶店の名前なのだ。

おれはすぐに支度をして、キャンドルへ出かけて行った。

現場の状況については、野々宮や阿部利弘たちが話したこと以上に、特にこれということもないようだった。

警視庁としても、庄野健作と名のる男の大胆不敵な犯行――という線に意見が一致していると、黒崎警部は話した。

「ところで、黒魔王――と書いた紙がピンでとめてあったそうだが……」

「うん、その点だがね、庄野という男はどうも黒魔術の信者らしいのだよ。それで、そういう名を思いついたのだろう」

「黒魔術！」

おれは思わず声をあげた。

黒魔術というのは悪魔の信仰なのだ。悪魔を祭り、赤ん坊を殺して生血を捧げるなど、奇怪な儀式を行って、悪魔を喜ばせるという気違いじみた邪宗なのだ。

来世の幸福を願うキリスト教に対する反動として、現世の幸福や快楽を求めるために生れたものだが、淫乱な要素が多く、しかも殺人やその他の犯罪と結びついているので、突拍子もない迷信邪教の類であることは間違いない。

おれもあまりくわしいことは知らないが、なんでも、ヨーロッパでは、大昔から秘密に伝わっているものだそうだ。しかし、日本でこんなものをいまどき信じているものがいようとは、今まで考えたこともなかった。

「どうしてそれがわかったのだ？」

「あの家にある書棚の一つが秘密の扉になっていて、その奥に奇妙な小部屋があるのがわかったのだ。普通の人間なら、とても気がつかなかっただろうがね、この際だから」

「なるほど、それで?」

「その部屋には、気味のわるい悪魔の像が飾ってあったのだよ。赤沼警部が押収してきたので僕も見たがね……大きなとんがった耳と尻尾のある一尺ぐらいの妙な像だったよ……そのほか、壁には本物の蝙蝠の翼が旗みたいにはってあったというし、古めかしいドイツ語の本が何冊かあって、それが黒魔術の秘伝書らしいのだ。まだそのほかにも、いろいろ妙な、見たこともないような不気味な祭具が沢山あったそうだ」

「ふむ……」

この意外な話に、おれは考えこんでしまった。

迷信や邪教というものは、それ自身ではたいしたことがなくても、いくらか頭の狂った人間がそういうものの虜になると、常識では考えつかないような突拍子もないことばかりやり出すものだ。黒魔王というのも、そういう狂信者の一人なのだろうか?

黒崎警部も同じことを考えていたのだろう。話に夢中になっている間にすっかり冷えきってしまったコーヒーを一口のむと、

「僕はね、黒魔王という奴は新興宗教の教祖みたいなもので、近藤みどりはその信者の一人だったのではないかと思うんだがね……何かいざこざがあって、近藤みどりは黒魔術の犠牲になったんじゃないかな。彼女がマダムをしていたバーの名が『蝙蝠』だったということを考えると、そういう推論も出来るんじゃないか。もちろん、僕はこの事件の捜査を担当しているのではないから、単なる私見だがね」

黒崎警部は腕を組んで、考えながら低い声で話した。

「さあ、そこまで考えるのはどうかな……『蝙蝠』というのは、有名なオペレッタの題名にもあるからね、バーなどの名前には案外多いんじゃないかな……それはそうと、庄野健作という男の素姓は洗っているんだろうね？」

「うん、もちろん偽名らしいが、赤沼警部がいま一生懸命調べているよ。しかし、あれだけの犯行をやった男なのだから、そんなにたやすく素姓がばれるようなへまな真似はしていないだろうね……」

「正直なところをいって、警視庁の方でも、まだ五里霧中なんだな」

「まあ、そういうわけだ。ただ……」

黒崎警部は身をのり出して、

「行方不明になった湯浅勝司は大学でドイツ文学を専攻していて、中世の民俗学的な文献にも興味をもっていたというんだがね」

おれは思わず考えこんでしまった。いったい、この事件で湯浅勝司がはたしている役割はどんなものなのだろう？

「それからね、もう一つ、興味があるのは、昨夜、近藤みどりの住んでいる東光アパートを調べに行ったら、部屋の中がめちゃめちゃにかきまわされていたことなんだよ」

「ほう」

おれもこの話には大いに興味をそそられた。

「それが、窓や何かから忍びこんだ形跡は全然ないのだ。ということは、近藤みどりを殺した犯人が、アパートの鍵を死体から盗んで、堂々とドアから入っていったという推論が出て来るのだ」

「なるほど、それに違いはないだろうね」

「まったく大胆不敵な奴だよ。死体が発見されて大騒ぎになり、アパートに手がまわるまでには、だいぶ間があると判断して、警察が来る前に、先まわりしたんだね。何を盗んだのかは予想もつかないが……金や衣類などに手をつけた様子はなかったから、ただの物とりじゃないのだ。たぶん、自分が犯人と疑われる証拠になるようなものがあって、それを盗み出したのじゃないかと思う」

おれも、黒魔王の大胆で、しかも用意周到な行動ぶりには、いささか背すじが冷たくなるような気がした。もちろん、それだけに闘志も一層かきたてられたが……。

「ところで警部殿、さっき湯浅勝司の話が出たが、あなたも黒魔王のことをたどっていくと、奇妙に大塚家の名に行き当ることには気がついているだろう？　湯浅勝司が担当していた調査もそうだ。近藤君雄は大塚徳右衛門の妾腹の子だった……」

警部は大きくうなずいて、

「それに、まだあるよ。湯浅勝司の恋人の小宮裕子はデザイナーの卵なんだが、その先生は脇村(わきむら)鶴代(つるよ)という女史で、それがよく大塚家へ出入りしているのだ。もちろん、大塚家ほどの家なら、一流のデザイナーに洋服を頼むのには何の不思議もないが、小宮裕子も脇村女史について、大塚家に何度か出入りしているとなると、この関係は単なる偶然だろうかねえ……」

と、また新しい情報を提供してくれた。

「なるほど、それも面白い話だな。だが、まさか湯浅勝司が大塚家を探る上に何か役に立つかもしれないと思って、裕子に近づいたわけでもないだろうな……」

「二人の仲はもう一年ごしだといっていたそうだから、そんなことはないだろう」

おれたちはしばらく黙りこんだ。とにかく、あの娘の方をもう少し洗ってみる必要はたしかにある。

「ところで、例の近藤君雄の変死事件も、こうなった以上は当然もう一度調べなおすことになるんだろうね?」

「もちろんだ……ただ、いまから調べなおすというのは、警視庁としても、なかなか厄介なことだな。うまくいくかどうかは、僕には何ともいえない」

黒崎警部はめずらしく弱音を吐いた。よほど容易ならぬ相手だと思ったのだろう。

「いろいろと話を聞かせてもらってありがとう。とにかく、どんなに手ごわい相手でも、挑戦には応じなければならないからね。警部、警視庁の方とは別に、僕の方も全力をつくすから、またよろしく頼むよ」

「いくら、そっちが不死身のつもりでもあまり無茶はやるなよ。それから、赤沼君とつまらぬことで喧嘩をしないようにな」

「うん、君の顔を立ててなるべくおとなしくするよ」

おれは黒崎警部と別れて、赤沼警部の前に出頭することにした。

赤沼警部の訊問は、予想通り、なぜ近藤みどりに尾行をつけたのかということだった。

おれも仕方がないから、黒魔王という怪人から、電話で挑戦されたことを話し、いままで調べあげたことをだいたい打明けた。それというのも、正直なところ、手の中に隠しておく価値のあるような情報を、おれはほとんど持っていなかったからだ。

ただ、おれは都ホテルのロビーで立ち聞きした会話のことには全然ふれなかった。

この会話が黒魔王の事件の何かの背景になっている、ということを、おれはほとんど確信していたが、昨夜の赤沼警部の仕打ちに対して、ここまで話してやるほどおれは親切ではない。

キリストは右の頬をなぐられたら、左の頬を出せといったそうだが、おれは右の頬をなぐられたら、相手の両頬をなぐりかえす性分なのだ。

「しかし、大前田さん、あんたは奇妙に黒魔王の事件の現場に関係が深いですな。最初の汽車の中での近藤君雄の変死事件のときも、あんたは同じ車輛に乗りあわせていた……今度はあんたの助手が殺人が行われたちょうどその時間に、現場の近くをうろうろしていた……」

赤沼警部は探るような眼つきで、じろじろとおれを見ていた。

「この大前田英策が黒魔王かもしれないというんだね？」

おれは腹が立つやら、おかしいやらで、大声をあげて笑ってやった。

「なるほど、探偵イコール犯人かね。探偵小説のトリックなら面白いかもしれんが、警部さん、気はたしかかね」

赤沼警部はいまいましそうに、

「大前田さん、笑いごとじゃないですぜ、あんただだから、こっちも遠慮しているんだが、普通ならば当然、あんたは有力な容疑者の一人にしてもいいような状況なんですよ。あんたなら、庄野健作という人物に化けるぐらいの変装は朝飯前だろう」

「阿呆なことをいいなさんな、警部、おれはあのころ自分の事務所にいたよ。ちゃんとしたアリバイがある」

「野々宮に変装させる手だってあるじゃないか……まあ、いまのところ、あんたを疑うべき直接的な証拠はないがね、あまり変なことをすると、あらぬ疑いをかけられるよ。こっちも不本意ながら、大前田大先生を逮捕して取調べなくてはならないことになるともかぎらない……」

また例によって、いやがらせだ！ おれは腹の中が煮えくりかえるような気がしたが、

「まあ、僕が黒魔術の信者であるという証拠でもつかんだら、逮捕に来るんですな」

と一矢をむくいてやった。案の定、赤沼警部は顔色を変えて、

「あんたはどこから黒魔術のことを……？ あの部屋を知っていたのか？ このことは、捜査関係者以外、誰も知らぬはずなのに……」

「大前田英五郎以来、わが家は地獄耳の持主ばかりでね、警視庁での話がちゃんと聞えるのさ
……では、警部さん、失礼するよ」

おれはようやく溜飲を下げて、部屋を出て行った。しかし、結果的には、これはまずかった。

赤沼警部はよけい疑いを深めたらしく、蛇のような眼でおれをにらんでいたのだ。

仁義として黒崎警部から聞いたということはいえないから、早まったことをしたものだと、おれは少しばかり後悔した。

しかし、いまさらどうにもならない。とにかく、一日も早く、黒魔王をやっつけて、赤沼警部をノック・ダウンしなければならないのだ。


警視庁を出ると、おれは東洋新聞社へむかった。もう一度、土屋社会部長にあって、阿部利弘と小宮裕子が出かけたときの様子をたしかめ、あの家と湯浅勝司とどんな関係があるのか、もっとくわしいことを知っているかどうか聞きたかったのだ。

だが、土屋部長の話は、昨夜の野々宮と阿部利弘の説明以上に何もつけくわえるところがなかった。彼も湯浅勝司が残した紙切れを見るまでは、庄野健作などという名を耳にしたこともなかったそうだ。

「僕としては、あるいは湯浅の弔合戦になるかもしれないという気で、阿部をつけてやったんだがね……あんな妙な事件になろうとは思わなかったよ。もちろん、それまで掛引きのないところ、僕は黒魔王などという言葉は聞いたこともなかった……」

土屋部長はいささか当惑したような顔をしていった。

「湯浅君と裕子さんとの仲は、部長さんも知っていたわけだね。いつごろから恋仲になっていたのか知らんですか?」

おれは念のためにたずねた。

「なにしろ、そういう問題はデリケートだからね、僕にはわからんが、半年ほど前に、湯浅から、そのうちに仲人をお願いします——と頼まれたから、それよりだいぶ前からの仲だったのだろうね」

「そうすると、部長さんが湯浅君に大塚家の調査を命じたのよりも、ずっと前からのことだったわけだね？」

「もちろんだ。なぜそんなことを……？」

「いや別に……忙しいところを何度もお邪魔してすまないね」

おれは、これ以上何の手がかりも得られそうにないと思ったので、土屋部長と別れた。

だが、おれが新聞社を出ようとしたときに、思いがけないことが起ったのだ。

つるべ落しの冬の夕陽が、もう空を赤く染め始めていたが、まるでその中からぽっかりと飛び出して来たように、新聞社の前に川島竜子が立っていたのだ。

「おい、竜子女史じゃないか。どうも君とは妙な所でばかり出くわすねえ。いま時分、いったいどちらへ？」

「あんたって、人の顔を見れば、どちらへ、どちらへって、うるさいのねえ。外人の間では、どこへ行くのですか——という質問はぶしつけなものとされているのよ。あんたもちっとは、映画でも見て外国のエチケットを見習ったらどう？」

やれやれ、会う早々、またこれだ。京都で会って以来、いままで会う機会がなかったのだから、少しはなつかしそうな顔をしてもよさそうなものだとおれは思った。もっとも、こうしておれを見ると、すぐに意地をはり出すところが、おれが竜子に夢中になる一つの原因かもしれないのだが……

「君から礼儀作法の講義を受けようとは思わなかったよ。竜子先生、探偵なんかやめて、いっそ女学校の修身——いまは道徳教育というのかな——そいつの先生になったらどうだね？」

「よけいなことをいわないで、人の忠告はまじめに聞くものよ」

「それじゃあ、こっちの忠告もまじめに聞けよ。女だてらに探偵商売なんかしていないで、さっさと僕の女房になりたまえ」

「そのせりふは耳にたこが出来るほど聞いたわよ。お気の毒だけど、ノーだわ。わたしには、いまの仕事の方が、奥さん稼業よりもよっぽど面白いのよ」

「まだこりないとは因果な女だねえ、君も……それはそうと、いくら仕事が面白いか知らんが、どうだい、たまには僕と飯でもつきあえよ。いいだろう」

「せっかくだけど、今日はだめよ。いま忙しいんですからね」

川島竜子はそういうと、自家用車のルノーの方へ歩きかけながら、

「なにしろ、蒙古王を追っかけているんだから、呑気に食事などしているわけにはいかないわ」

「何だと、蒙古王だと！」

おれはぎくりとして竜子を見つめた。

そのとたんに、彼女は口をすべらせたことに気がついたのだろう。しまった——というような

顔をして、あわててルノーにとびのると、すぐにエンジンをかけ始めた。

「おい、待て！　待て！」

おれは急いでルノーにかけ寄ったが、そのとき、車はもうスタートしていた。

「親分、こんどはこちらの勝らしいわね。蒙古王は、成吉思汗から代々……さようなら……」

車といっしょに竜子の声も走り去って行った。おれも今度は虚をつかれた形で、車をさえぎるひまもなかった。眼をむいて、勝ち誇ったような高笑いの声とガソリンの煙を後に残して行った車の影を見送るだけだった。

蒙古王！

いったい、竜子はどこからこの言葉を聞き出して来たのだろう？　最後にいった妙な文句は、ただおれをからかうだけのつもりだったのだろうか？

とにかく、竜子が蒙古王の事件に首を突っこんでいることはたしかだ。そして、おれは、蒙古王と黒魔王という二つの奇妙な王様が、何かの関係で結びついているに違いないと思っているのだ。

そうすると、竜子は結局は黒魔王の事件にとびこんでいることになる。

どういう線からこんなことになったのかは知らないが、おれは何か起らねばよいがと妙に不安な気になった。

竜子のことだから、どんな死地にとびこんでいって、どんな危ない目にあうか知れたものではない。まして、相手が黒魔王という怪物と来た日には、どんな恐ろしいことになるか見当もつかないのだ。

おれは竜子の身の上がひどく心配になり始めていた。

いったん事務所へ帰ってから、おれは小宮裕子を訪ねて行こうと決心した。

この事件は出来るだけ早く解決しなければならない——と、そんな気持がいよいよ強くなって来ていたので、すぐに訪ねて行くことにしたのだ。

小宮裕子の住所は、それまでに大至急助手に調べさせておいた。品川区の西小山のあたりで、洗足池にもわりに近いところだ。

わかりにくい場所で、おれはあちらこちらで何度も聞かなければならなかった。

八幡様の横の小路を入って、また右に折れる小路の突きあたりに、ようやくその家を探しあてたときには、もう九時近くになっていた。

しかし、裕子はまだ帰っていなかった。

仕方がないので、おれは一度にぎやかな通りまで引返して行って、貧乏くさい小さなバーで一時間ばかり時間をつぶして、改めて出なおした。

もう一度八幡様の横の暗い小路へ入ったとき、むこうからこちらへ歩いてくる二つの人影があった。

おれが何気なくそれを注目したときだった。

突然、おれは背後に激しい殺気を感じて体を横に開いた。

それと同時に、激しい銃声が一発、あたりの空気をびりびりとふるわせて響いたかと思うと、おれの横をかすめて、弾丸が飛んで行った。

おれははっとして、むこうの二つの人影を見た。しかし、弾丸は斜にそれて幸い誰にも当らなかった。

後をふりかえったが、誰もいない。八幡様の森の中から射ったらしいが、もう殺気も消えている。

だが、そのとき、むこうの二人のうちの一人が、ものもいわずに、いきなり後からおれにとびかかってきた。おそらく、いまの一撃に逆上して、おれがやったものと思いこんだのに違いない。

「何をしやがる！　のぼせるな！」

相手はかなり柔道の心得があるらしく、おれを投げとばそうとして来たが、自慢ではないが空手に合気と、武芸十八般は一通りやってきたおれが、そうやすやすと敗(ま)けるわけはない。

「やあっ！」

おれの合気の投げに、相手の体はたちまち宙に円弧を描いて、道の真中にたたきつけられていた。

「何を血迷っているのだ？　弾丸の飛んで来た方角もはっきりたしかめないで、人にとびかかってくるとは、手前は何て無茶な野郎だ？」

おれはどなりつけたが、相手はもう逆上しきっているらしく、

「この人殺しめ！　黒魔王めが！」

と、とんでもないことを口走った。

「何だと、黒魔王だと?」

だが、おれは相手の首筋をつかんでその顔をよく見つめると、思わず笑い出してしまった。

「なあんだ、阿部君じゃないか」

「あっ、大前田先生……これは大変失礼を……」

阿部利弘はばつの悪そうな顔をして、あわてて立ち上った。

暗闇の中から心配そうに近づいて来たもう一人の方は小宮裕子だった。

「先生、本当にどうもすみませんでした……いま、社の車で裕子さんを送って来たのです。この小路には車は入れませんから、二人で歩いて来たのですが、いきなり暗闇の中から狙撃されて、むこうに妙な男が……いや、そう見えたものですから……それですっかり……」

阿部利弘が平身低頭してあやまるのをおれはおさえて、

「まあ、そんなことはどうでもいい。それよりも、何者かが、われわれ三人のうちの誰かを狙って撃ったことはたしかなのだ。いよいよ、用心しなければならないな」

小宮裕子は真青な顔をしていた。

「先生、やっぱり、あの黒魔王の仕業でしょうか?」

「そうとしか考えられんな」

おれがつぶやくようにいうと、阿部利弘も小宮裕子も恐ろしそうに、あたりの闇を見すかすように眺めていた。

「阿部君、それにしても君は無茶だな。僕が黒魔王だと思ったのなら、当然拳銃を持っていたことになるじゃないか。それなのに、よくもまあ、素手でとびかかって来たな」

「どうも、すっかり逆上してしまって……こっちも多少腕に覚えがあるつもりでしたし、ちょうど先生が後むきだったので……」

阿部利弘は頭をかきながら、

「でも、先生には恐れ入りました。柔道二段の僕があんなに見事に投げられたことは、これまでほとんどなかったのですが……」

「はははは、まあ、痛い目にあわせてすまなかったが、もともとそっちが悪いんだから我慢してくれたまえ。ところで、裕子さん、いまこんなところへ来ていたのは、ほかでもないんです。実はあなたに会いに来たんです。だいぶ時間が遅いようですが、しばらく話を聞かせて下さいませんか」

「ええ、わたしが知っておりますことなら……ともかく、家へ御案内しましょう」

裕子は気丈な態度で答えた。昨夜あんな恐ろしい事件に出あい、今日また、こんなふうに闇の中で狙われたのだから、気が動転してそのままひっくり返って人事不省になったとしても、別に不思議はないのに、この娘は実にしっかりしていた。

娘の部屋に案内されてから、おれは湯浅勝司の最近の様子について、いろいろとたずねたが、残念ながら何も得るところはなかった。勝司が奇妙な態度を裕子の前で見せたのは、あの喫茶店での一件が最初で最後だというのだ。

「ところで、お嬢さんは脇村女史のおともをして、ときどき大塚家に出入りしているそうですね」

おれは質問の方向を変えた。

「はあ……」

そのとき、裕子の顔にはちらりと妙な影が走ったのをおれは見逃さなかった。

「湯浅君は大塚家のお家騒動を調査している間に、こんなことになったのですがね、その点について、何か心あたりはないですか？」

「さあ……わたくし、そのことについては全然知りませんでしたの……ただ、そう申してはなんですけど、大塚家の方たちって、どなたも、なんだか……」

裕子はちょっと言葉をきったが、

「わたくし、あの家の方たちがどうしても好きになれないんですけれど……何だか、とても暗い感じで……腹の中で何を考えているのか、わからないように思えるんです。勝司さんがあの家のことを調べていたのなら、誰かがよくないことを考えて……」

裕子は大きく身をふるわせて、ハンカチを眼にあてた。自分のことには、どんなにしっかりしていても、女には必ず泣き所というものがある。恋人の身上が心配で、いままでの気丈な態度も、とうとうくずれてしまったらしい。

「なるほど……脇村さんはあの家とどんな関係なのです？　ただの出入りのデザイナーにすぎないのですか？」

「ええ……わたくしにはよくわかりませんけど、たぶんそうだと思います……」

「あなたが脇村さんのところへ行くようになったのは？」

「脇村先生はわたくしのなくなった母の友人だったのです……いまでは、本当の子供のように、わたくしの面倒を見て下さっていますが……この家も、脇村先生のお世話で、お部屋を貸していただいているのです」

「そうでしたか。それで、あなたのお父さんの方は……」

「父も三年前になくなりました……」

裕子の声は沈んでいた。両親に死に別れていろいろと人生の苦労をなめているから、これだけしっかりしているのだろうが、それにしても、今度は恋人が行方不明になっては、どれだけ気落ちしたろうかと、おれはこの娘にすっかり同情してしまった。

「お嬢さん、湯浅君の行方については僕も出来るだけ探ってみるし、黒魔王退治にも乗り出そうと思っていますから、あまり力を落さないでいるんですよ」

「はい、ありがとうございます。でも……先生、わたくし……とてもお礼が出来そうも……」

娘がうつむいていいかけたのを、おれは途中でさえぎった。

「そんな心配は御無用ですな。僕は仕事と稼ぎとをはっきりわけている方でしてね。今度みたいに情熱と興味を感ずる仕事の場合ならば、それこそ手弁当でも走りまわりたくなるんですよ。お嬢さんがどれだけ辛い気持でおられるか僕にもよくわかるのです。自分の恋人が行方不明になって、殺されたのか、それとも容疑者の一人なのかと疑われるような羽目に追いこまれると、それこそ藁にもすがりたくなって来るでしょう。僕の力は考えてみれば、一本の藁にも及ばないかもしれませんが、それでもこんな阿呆な探偵が自分から湯浅君のために一生懸命走りまわっていると考えたら、いくらかでも気休めにはなるんじゃありませんかねえ」

おれの言葉は木訥（ぼくとつ）だったが、その気合が娘の心を動かしたらしい。裕子は畳に手をついて、涙を流しながら、

「お願いします……先生にお力になっていただければ、どんなに心強いか……」

「うん、困ったことが起ったら、何でも相談に来て下さい。そのかわり、何でも僕に話して、協力してくれなければいけませんよ」

おれはこの際釘を一本打っておくのを忘れなかった。この娘を味方にしておけば、やり方一つによっては、彼女を通して、大塚家の内紛を探ることも出来るかもしれないとおれは考えていたのである。

第五章

――この事件から完全に手をひけ。さもないと、貴様も黒魔術の生贄にしてやるぞ。貴様だけではない。貴様に協力した人間も皆殺しにしてやるから、そのつもりでいろ。これ以上警告はしないから、よく考えろ。

黒魔王――

こんな脅迫状が来たのは、その次の日のことだった。

事務所に来た手紙の中に、封筒の裏側を墨で真黒にぬりつぶしたやつを発見したときに、手紙の内容はすぐにぴんと来たが、この気違いじみた文句を読んだときには、おれも少々不安な気持になった。

おれ自身のことならば、脅迫などは屁とも思わないのだが、黒魔王などという仰々しい名前を名のって、大胆不敵な犯行をする相手のことだから、手紙の後半の文句もただのおどかしだけとは思えなかったのだ。

この事件のことで、これからおれと関係を持つようになる人間を、本当にかたっぱしから殺しかねないような気がした。

しかし、だからといって、この事件から手をひくなどということは、おれにはとても出来ない。

どんなに激しい戦いになっても、この殺人狂を捕えて、絞首台へ追いあげてやらなければおれの気がすまない。

ただ、調査は十分慎重にやらなければならないと、おれは考えた。

脅迫状は、ごくありふれた便箋に、左手を使ったらしい奇妙な筆蹟で書かれていた。封筒にも何も変ったところはなく、これからは何の手がかりもつかめそうになかった。

おれは次に取るべき手段を、じっくり考えてみたが、特にうまい智恵も浮んでこない。

近藤みどりが殺されたことによって、近藤君雄の変死事件を調べる糸も切れてしまった。今度の事件でも、黒魔王の正体と目的がわかるような手がかりは何も残されていない。

庄野健作については、警察でもその素姓を洗っているし、おれも野々宮に命じて、近所の聞きこみをやらせることにしたが、これから大きな収穫があると期待するのは、黒崎警部もいうように、まず間違っているだろう。

京都まで出かけて行って、宝石商の杉山康夫に会い、あのときの近藤君雄との話の内容を聞き出せれば、一番よいのだが、あの会話の秘密らしい調子を考えると、本当のことはいいそうもなかった。いま、無駄足になる危険をおかして京都まで行くだけの余裕はない。といって、助手をやったのでは、何一つ聞き出せないことは、火を見るより明らかだ。

いまおれに出来ることといえば、何とかして大塚家の内紛というやつを探り出して、湯浅勝司がそれにどうまきこまれたのか、黒魔王が大塚家とはたして本当に何かのつながりがあるのかを調べることだけだった。

小宮裕子からもっとくわしいことを聞き出したり、いよいよという段になれば彼女を利用して、大塚家の内情を探らせるという手もあるが、この二日間、彼女は恐ろしい事件の連続ですっかり神経が参っているらしい様子だったから、もう二三日たってからの方がよいとおれは思った。その間に、助手を使って、いろいろ基本的な事実を調べることも出来るわけだ。

しかし、そのほかになにか、うまい手はないだろうか？――そう考えていたおれは、とんでもない、悪戯を思いついた。

竜子の奴に尾行をつけてやろう！

竜子は「蒙古王」という言葉を口走っていたから、もちろん、とっくに何か嗅ぎつけているに違いない。竜子を尾行してみたら、彼女が何を狙っているのかわかるだろう。それに、おれとしては、危いことばかりやりたがるこの厄介な恋人に変事がないように見守れるというものだ。探偵を探偵するというのも、なかなか愉快な話ではないか。

いわば窮余の一策だが、この思いつきはおれの気に入ったので、すぐ実行することにきめた。もっとも、相手が相手だから、助手にこの尾行をやらせても、はたしてうまくいくかどうか、おれには自信がなかったが、最初からあきらめてもしかたがない。

とにかく、何でも、やるだけやってみるまでのことだ。

庄野健作についての聞きこみは、おれの予想通り、うまくいかなかった。

近所づきあいはほとんどなく、近所の連中は顔を見たこともないというのが多い始末で、何をしている男なのか誰も知らなかった。

だいたい、世田谷あたりは住宅地で、隣りに誰が住んでいても気にもとめないような人種が多いから、よけいうまくいかなかったようだ。

ただ一つだけ、いくらか興味深く思われた報告があった。

もともと、庄野健作という男は変人で、ほとんど姿を見せなかったのだが、二ケ月ばかり前から、いっそうその傾向が強くなったというのである。

だがこの変化が何を意味するのか、そのときはおれにもよくわからなかった。

庄野健作は三年も前から、この家に住んでいたというのだが、彼が黒魔王だとすれば、それまで何か計画していたことを、いよいよ二ケ月前から実行にうつし始めたというのだろうか。そのために、いっそう用心深くなったのだろうか。

とにかく、このことから結論は何も得られなかったが、なぜかおれにはひどく気になったのだ。

阿部利弘や小宮裕子から聞き出した彼の人相をもとにして、「蝙蝠」の店の女の子たちにマダムのところへこんな客が来なかったかとたずねてまわってみたが、写真を見せることが出来ないので、正確な答は得られなかった。来たことはあるように思うが、特に深い関係があったとは思えないというようなことだったのだ。

警視庁の方でも、もちろん庄野健作と名のる男を逮捕するために全力をあげているのだろうが、大した成果はないらしい様子だった。

大塚家を探る方も、なかなかうまくいかなかった。

未亡人の悠子、徳太郎、その妻の陽子、福二郎、その妻の君代の五人が、いりみだれていがみあっているらしいということはわかったが、旧財閥の家だけあって、その本当の実情というものは、なかなか表にあらわれないものだ。

大塚家によく出入りしている人間も、一応調べてみたが、特別に強い疑いを起させるような者はいなかった。ただ、それぞれにいろいろな思惑で大塚家の誰かを味方にしようとしているらしく、なかには、とかくの噂のある人物もいないではなかった。

たとえば、密輸をやっているのではないかという噂のある男や、ルーレット賭博場をもっているという風評の立っている男や、政界の黒幕で暴力団とも関係が深いといわれる男などがいる。しかし、そういう連中が近藤夫妻を殺さなければならない理由は考えられないから、いまのところ、特に疑うべき根拠はなかった。

そのほか、近藤君雄もみどりも、この家にはよく出入りしていたというし、画商の藤木静雄も、その商売仇といわれる池田秀一郎もそうだった。おれに慶子という娘を探すように頼んだ今川行彦は、おれが一度彼の家であった徳太郎と親しいらしかった。

だが、大塚家に出入りしている人間を一々疑っていては、それこそきりがない。問題は近藤みどりを殺す必要があり、湯浅勝司を消さなければならなかった人物を見つけることなのだ。

しかし、その点については、この調査からは何のヒントも出て来なかった。

最後に、竜子をつけさせた結果は完全に失敗に終った。助手たちはずいぶん苦心して尾行したようだが、竜子はつけられているのにすぐに気がついたらしい。いざというときになると、かならずまいてしまって、全然尻尾をつかませなかったのだ。

探偵なんかやめてしまえ——と、おれはいつも竜子にいっているが、竜子の腕前そのものを、おれは決して馬鹿にしてはいない。まあ、おれよりはいくらか腕も落ちるだろうが、そこらここらの普通の男の探偵なんかより、よほど優秀だということは認めざるを得ない。

だから、この報告を受けたときも、なかなかやるわい——と思わず苦笑してしまった。

しかし、笑えないのは事件のなりゆきだった。あらゆる捜査の糸が片端からぷつぷつ切れてしまうのだ。おれもこれにはすっかり閉口してしまった。こんなに厄介な事件は初めてだった。

こうして、近藤みどりが殺されてから二日間、事件は何の進展もないままに過ぎていった。

三日目の夕方になって、黒魔王はまたその魔手をふるい始めたのだ。


「先生、脇村さんという女の方からお電話です」

秘書の池内佳子の声に、おれは妙な不安を感じながら電話口へ出た。小宮裕子からその名前は聞いているが、まだ一度もあったことはないのだ。それが急におれに電話をかけて来るというのは……?

「もしもし、大前田ですが……」

「初めまして、デザイナーの脇村鶴代でございます。このたびは、弟子の小宮裕子がいろいろとお世話になりまして……」

「いや、どういたしまして……」

いったい何をいい出すのだろうかと、おれはかたずを飲んだが、相手は如才のない女史らしく、下らないお世辞を長々とまくしたててなかなか本題に入らない。とうとう、しびれをきらして、

「ところで御用件は?」

「はあ、裕子とのお話はもうすみましたでしょうか?」

「えっ?」

おれは心臓をつきあげられたような気がした。

「せきたてるようで失礼でございますが、あんな事件の後でございますから、家の方でも心配いたしまして、まだ帰らないけれどもどうしたのか——とわたくしの方にさっき電話があったのでございます。先生の方におまかせしてあるので大丈夫だと答えておきましたけれども、わたくしもちょっと気になりましたので……」

「なんですって! 裕子さんが僕の所に? 誰がそんなことをいいました?」

おれはぎくりとして問いかえした。脇村鶴代もはっとしたらしい。急におろおろ声になって、

「では、先生は裕子のことを御存じないと……でも、でも、先生御自身が裕子をつれて行かれたではございませんか? それも、わたくしのいる前で……」

「とんでもない! いったい、どうしたというのです? 僕はそんなこと全然知りませんよ」

「では……あれは贋者で……先生の名をかたって……裕子を……」

「もしもし、いったいどういうことだったのです?」

おれは大声を出したが、相手はすっかり度を失ってしまったらしい。

「さらわれたのです！　裕子はさらわれたのです！　先生、どうしましょう！」

おれもこの新しい事態には、すっかり驚いてしまった。

「もしもし、いますぐにお宅へうかがいたいと思いますが、お店の方ですね？　かならず家にいて下さいよ！　いいですか」

ともかく脇村鶴代にあって、話を聞かなければならない。おれはすぐに出かける用意をした。ちらりと窓から外を見ると、あたりはもう真暗になっている。

そのとき、また電話がかかって来た。

「大前田さん、あんたは何をたくらんでいるんだ？　小宮裕子をどこへかくした？」

赤沼警部の怒気を含んだ声が、受話器からがんがんと耳に響いて来た。

「裕子の家から電話があって、大前田英策という男が裕子をつれて行ったそうだが、警視庁の方と何か関係があるのか――といってきたぞ。あんたはいったい……」

「知らん。おれじゃない。おれもいまその話を聞いて驚いているんだ。誰かがおれに化けたんだ！」

「しかし……」

「しかしもくそもないよ！　疑うんなら勝手に疑いたまえ！」

おれは荒々しく電話を切って表へとび出して行った。

銀座四丁目にある脇村鶴代の店では、脇村女史が真青な顔をして、眼鏡をかけたりはずしたりして、うろたえきっている様子だった。

「電話で、あなたもその場におられたということでしたが……」

おれは挨拶もそこそこに、質問をあびせかけた。

「ええ、今日、裕子は警視庁へ出頭して、モンタージュ写真の作製に協力したのです。わたくしにもちょっと聞きたいことがあるというので、裕子といっしょに警視庁へ参りました。二人で警視庁を出たのが午後四時ごろで、裕子はひどくつかれたような顔をしているので、今日はもう帰って休みなさい——とわたくしがすすめまして、東京駅まで送って行ったのでございます。すると駅の入口で、裕子の肩を後からたたいた人がいまして……」

「そいつが僕だと名のったわけなのですね？　でも、裕子さんは僕の顔を知っているはずなのに……」

「それが、いまから考えますと、その男はうまい手を使ったのですね。『裕子さん、この変装が見破れますか？　大前田英策ですよ』と申したのです。裕子もすっかり信用したようで……」

「うむ……なるほど……」

おれは相手の悪智恵にいいようもないくらいの腹立ちを覚えた。

「それで、その男はどんな様子でした？　僕に似ていましたか？」

「ええ、いくらか……顔はあまり似ていませんでしたけど、探偵さんならば変装はお手のものでしょう？　ですから、裕子もすっかり信用したのだと思います。わたくしも先生にお眼にかかったことはありませんでしたから、何の疑念も起しませんで……」

「どんな様子をしていました？」

「茶色のオーバーを着て、ズボンは黒っぽいグレーのウーステッドだったと思います。どちらも、安物の生地で、仕立品ではなくて、既製の特売品か何かじゃないかと思います」

　さすがに着ているものの観察は細かかったが、これでは何の役にも立ちそうにない。

「ほかになにか特徴は？」

「頭の毛が白くなっていました。変装なんだといっていましたが……」

　変装をしているというのは、たしかに本当だろう。ただ、最初からおれに完全に化けるのはむずかしいので、いいかげんに変装して、そういう口実を作ってごまかしたのに違いなかった。

「それで、その男はどんなことをいって裕子さんをつれて行ったのですか？」

「ええと、こんな調子でした。――『今日一日、こんな恰好でとびまわって、いろいろと情報を集めましたよ。おかげで、黒魔王のことも、湯浅君のことも、だいぶいろんなことがわかって来ました。今晩でも、あなたのお宅へうかがおうと思っていたところですが、偶然ここでおあい出来て運がよかった。これから一つ、僕のところへ来ていただけませんか』――と、だいたい、こんなことをいったのです」

「なるほど」

「それを聞くと裕子は疲れも忘れたように、すぐ行くと返事をしたのです。その男は、わたくしにも、『御心配はいりませんから』といいましたので、わたくしも安心しまして……まさかこんなことになるとは……」

脇村鶴代は顔を手でおおってしまった。

「それからどうしました？」

「その男は裕子を車にのせて、どこかへ行ってしまいましたけど……わたくしはそのまま店へ帰りましたので……」

「その車というのは、タクシーでしたか、それとも自家用車でしたか？」

「さあ……」

服装のことにはよく眼がとどいても、脇村女史はこういうことについてはさっぱり注意力がなかった。

おれは腕組みして、椅子にすわりこんでいた。裕子が誘拐されたことはもう間違いない。

しかし、人通りの多い東京駅から車に乗りこんだこの二人に誰か注意している者があったとは、まず考えられない。警視庁の方でも、すぐに捜査を始めるだろうが、その行方をつきとめるのは、困難というよりは不可能だろう。

「先生、いったい裕子はどうして、こう次から次に恐ろしい目にあうんでございましょう？　何の罪もない娘が、ただの平凡な娘が、どうしてこんな目にあわされるんでしょう？　もしもあの子の身に、何かの間違いがあったら、わたくしは死んだあの子の両親に申しわけが立ちません……」

脇村鶴代は悲痛な声でいった。

おれは、例の脅迫状のことを思い出して、いいしれぬ戦慄を感じた。

黒魔王という気違い野郎は、いよいよ本気であの文句を実行に移し始めたのだろうか？

「先生、これも黒魔王の仕業だとお考えですか」

脇村鶴代はそれがくせらしく、また眼鏡をかけたりはずしたりしながら、つぶやくようにいった。

「まず、そうでしょうね……あなたは、黒魔王という言葉を前に聞いたことがおありですか？」

よい機会だと思ったので、おれはこうたずねた。

「いいえ……あの殺人事件のときが初めてです」

脇村鶴代はおびえたようにいった。

「ところで、あなたも今日警視庁へ呼ばれたとおっしゃいましたね。さしつかえがなかったら、何を聞かれたのか話してくれませんか」

「何もさしつかえなんかありませんわ……でも、それが裕子をその悪魔から取りかえすのに必要なんですの？」

「大変に重要です」

「それなら申しますけど、何故かは知りませんが、大塚家のことについて、いろいろたずねられました」

警視庁でも、その点に眼をつけたのは当然のことだろう。おれは大きくうなずいて、

「なるほど、それであなたはどんなことを話されたのです？」

「別にたいしたことは話しませんでした。あの家のことを、わたくしはよく知ってはいないので

す。それに……お得意先のことを、とやかく申したくはございませんし……」

「というと、あまりいいたくはないが、妙なことでもあるというわけですか？」

「いえ、別にそういう意味ではございませんの……ただ、あの家はいつも何かごたごたしていますから……それも、近頃は特に、なにかひどく険悪な空気が流れているように感じまして……」

「近頃——というと、いつごろから？」

「一ケ月ばかり前からです。もちろん、わたくしはときどき行くだけですから、はっきりしたことは申し上げられませんが……」

「その原因について、何か心当りは？」

「わたくしにはわかりません……ただの出入りのデザイナーですもの……」

彼女はしばらくもじもじしていた。何かいい出そうとして、ためらっている様子だったが、やがて思いきったように、

「先生、これはわたくしの思いすごしではないかと思いますし、本当はお得意先のことでこんなことは申したくないのですけれども、少し気になることがあるものですから……」

「おっしゃって下さい。僕は秘密を守る男ですよ。ここだけの話として、どうぞ何でも気のついたことをいって下さい」

「あの……わたくし、大塚家へ行くときに、何度か裕子を助手としてつれていったのでございますが、福二郎様が妙な眼つきで裕子を見ているような気がしていたのです。裕子自身は全然気がついていないだろうと思いますが……福二郎様は、こう申しては何でございますが、なかなかの

遊び人だとかで……独身ならばともかく、奥さんのある身で裕子に手でも出されてはと、わたくし、ちょっと心配していたのです。あの子は、なかなか可愛いい娘なので……」

「なるほど」

おれはこの話をどう受け取ったものかと考えながら、しばらく黙りこんだ。

女はこういうことには敏感なものだから、脇村鶴代のこの観察はおそらく間違っていないだろう。裕子自身は何とも思っていなくても、福二郎の方が色眼を使っていたということは、大いにありうる話なのだ。

「でも……まさか福二郎様が、今日裕子を誘拐したとは……あの方には、変装なんかとても出来そうには思えませんもの……」

脇村鶴代がつぶやくようにいったとき、

「今晩は」

と店のドアを開けて若い女が入って来た。

女優か何かなのだろうか。びっくりするぐらいあでやかな美しい女だった。

「あら、秋山さん、いらっしゃい」

脇村鶴代は立ち上って、客を迎え入れた。

「お願いしておいたドレス、もう出来て？」

その声も、まったく玉をころがすようだった。どこ一つ難のないのがかえって物足りない感じのするほど、整いきった美貌の持主だ。

「それがね、秋山さん、すまないけれど、それどころじゃなくなったんですよ。弟子の小宮裕子を御存じでしょう？　あの子が今日、誘拐されちゃったの」

「まあ……」

美しい女はさっと顔を曇らせた。

「いったい、どうして裕子さんが……？」

「わからないの……ただ、黒魔王の仕業らしいんだけど……」

「黒魔王！」

美しい女からは悲痛に近い叫びが洩れた。おれははっとして女の顔を見つめた。顔色もすっかり変ってしまっている。

「失礼ですが、この方は？」

おれは立ち上って、脇村鶴代にたずねた。

「すみません、御紹介するのを忘れてしまって……こちらはファッションモデルの秋山みつるさん……こちらは探偵の大前田英策先生……」

脇村鶴代は二人を引きあわせた。

秋山みつる――といえば、おれも知らない名前ではなかった。何代目かのミス日本に当選したので有名な美女だったのだ。

「秋山さん、初対面早々、妙な質問をして失礼ですが、小宮裕子さんの誘拐事件とも関係があるので答えて下さい。あなたは黒魔王と聞いて、ひどく驚かれたようですが、黒魔王について何か御存じなのですか?」

　秋山みつるの顔には暗い影が走った。

「別にくわしいことは……ただ、わたくし、半月ほど前に東海道線の寝台で変死した近藤君雄の従妹にあたっていますので、あのとき、警察の方から話を聞いていたものですから……」

「なるほど、そうでしたか……」

　今度はその妻のみどりが殺されたとなっては、秋山みつるが黒魔王という名を聞いてぎくりとしたのも無理はなかった。

「それに……君雄さんとは、実は死ぬ前にわたくしと京都でいっしょになったのでございます。何かにおびえているような様子で、お食事もいっしょにしているうちにも、何度も中座したりして、ちっとも落着きがなかったんでございます。そして、そのときに黒魔王とか蒙古王とか、妙なことを口走っていたので……」

「蒙古王と!」

　おれは思わず大声をあげた。

「はい、たしかにそう申しておりました。眼の色もいつもとはまるっきり違っていたものですから、あなた神経衰弱じゃないのと、そのときは笑っていたのでございますが、こんなことになってみると……」

　秋山みつるは肩を小刻みにふるわせて、しばらく黙りこんでいたが、

「それに、いま考えますと、わたくしの身にも、一度妙なことが起ったのでございます。わたく

しは京都から大阪へ行ったのですが、大阪で、ホテルに泥棒が入りました。わたくしの部屋の荷物は全部かき廻された形跡があったのでございます。ただ、金目のものもかなり持っていたのですけど、とられた物は何一つなかったのです」

「ふむ」

おれは、近藤みどりのアパートが荒らされたという事実を思い浮べた。いったい黒魔王の狙いは何なのだろう？　秋山みつるの話を聞いていると、単なる証拠を消すための行動とは思えなくなってくるのだ。

「まあ、妙な泥棒だとは思いましたけれども、それが何も従兄の変死と関係を持っているとは思いませんでしたが、それから四日ばかりたって、みどりさんから突然、妙な物が書留小包で送られて来たのでございます」

「妙な品物といいますと？」

「よく、煙草の銀紙を一枚一枚まるめて球になさるお方がございますわね？　あれなんです……ちょうど握りこぶしぐらいの大きさのものでしたかしら……」

おれは思わずぐっと身をのり出した。

「それだけですか？　何もお言伝てなり手紙なりは来なかったんですか？」

「いいえ、何も……わたくしも何の悪戯なんだろうとふしぎに思っておりました。そうしたら、みどりさんから電話がかかって来て、品物は着いたかと聞いてまいりました。いったい何のおまじないなのとたずねましたら、わけはいま話せないけれど、とにかく大切にしてあずかっておいてくれというんです。自分は旅行に出なければならないかもしれないので、その間、あれを手元においては心配でしかたがないからということで……何だかわけはわかりませんけれども、むこうはそれ以上何も話してくれません……そのうちにわかるから、後でゆっくり話すからの一点ばりで、電話は切れてしまいました。旦那さんに死なれてどうかしたのかと思っていましたが、今度はみどりさんが殺されたとなると、このことも無関係ではないと思いまして……」

「なるほど、それはよいことを話して下さいましたね。たしかに妙な話ですが、黒魔王の事件には、ちょっと常識では考えられないような妙なことが多いですからね……ところで秋山さん、あなたはその銀紙の球をどうしました？」

「自分の家においてありますけれど……」

「あなたのお宅は？」

「田園調布の駅から、多摩川の方へ十五分ほど歩いたところでございます」

「あのあたりは静かでよい所ですが、逆に夜などは人通りもない、淋しい場所ですね」

秋山みつるは不安そうな眼をあげた。

「秋山さん、妙なことをいって、あなたをおどかしたくはないですが、十分に気をつけられた方がよいと思います。黒魔王という奴は何をやり出すかわからない……突拍子もないことのように思えるかもしれませんが、みどりさんが殺されたのは、あるいはその銀紙の球のためではなかったかと、僕にはそんな気がするのですよ」

「まあ……」

秋山みつるはおびえたような表情を浮べていた。

「出来れば、自分の家をさけて、ホテルなり知りあいの家なりへ、こっそりと当分の間身をかくしてくらすことですね……それから、その銀紙の球も、絶対安全な場所にかくしておく必要があるでしょう」

「先生におあずけしてもよろしいでしょうか？」

秋山みつるはふるえ声でいった。

「かまいませんとも、責任をもっておあずかりしますよ」

おれは、しめたという内心の叫びをおさえて、何気ない調子でいった。

「お願いいたします。先生、わたくし、何だか恐ろしくて……」

「よく気をつけていれば、心配はないと思います。とにかく、知らない人間とは絶対に二人きりになってはいけません。そして十分に信用のおける人となるべくいっしょにいるようにして、一人だけにならないようにするのです。夜寝るときには、窓もドアもしっかり鍵をかけて、絶対に開けないように……それも、一階だと窓を破られる心配があるから、二階にいるようにして……僕のいうことは気違いじみているように聞えるかもしれませんが、十分用心するにこしたことはないと思うからです。いいですね」

「わかりました。おっしゃる通りにいたしますわ」

秋山みつるはおれの顔をしばらく見つめていたが、大きく身をふるわせて溜息をついた。

「なんて恐ろしいことでしょう……」

脇村鶴代は放心したように、ぽつりといった。

「それでは、僕は失礼します。小宮裕子さんの捜査には全力を尽しますから、脇村さんもあまり気を落さないで下さい。ではお二人ともお気をつけて」

おれはそういって外に出た。

黒魔王が裕子に魔の手をのばしたことは心に重苦しくのしかかって来たが、一方、脇村鶴代と秋山みつるの話は、いままでおれが耳にしたいろいろな情報のうちで、一番示唆に富むもののような気がした。

「だんだんとわかってくるぞ」

おれは、寒空の下で、白い息とともに、そうつぶやいたのだ。

第六章

翌朝、おれは警視庁の黒崎警部に電話をかけて、小宮裕子誘拐事件についての捜査の進行状態を聞いてみたが、警視庁でもまだ手がかりすらつかんでいない様子だった。

東京駅の前から、二人の人間が車に乗ってどこかへ行ってしまった――などというのは、一日に何百回、何千回あるかもわからないごくありふれたことなのだから、それも決して無理はなかった。

おれの方も、助手を使って、思いつくかぎりの聞きこみをやらせてみたが、結局何の収穫もなかった。

午前中は、そんなことでごたごたしているうちに、あわただしく過ぎてしまった。

午後二時ごろになって、秋山みつるから電話がかかって来た。甘くねっとりした調子で、

「大前田先生……。例の銀紙の球を家から取って来たのですけれど、いまから夕方までファッションショウに出なければなりませんし、その後で、婦人雑誌の写真をとらなければなりませんので、九時ごろに八重州口の、ニュー・トウキョウ・ホテルに来ていただけませんでしょうか。わたくし、先生からあのようなお話をうかがいましたので、このホテルにしばらく泊ることにし

たんですの」

「わかりました。九時ですね、例の品はなくさないように注意して下さいよ」

「ええ、もちろんですわ。肌身離さず持っていますから……」

「それから、ホテルに誰かたずねて来たら、絶対に信用のおける、あなたがよく知っている人以外は部屋へ通してはいけませんよ。出来るなら、ロビーかどこかであうようにして……くどいようですが、黒魔王というやつはどんな恐ろしいことをたくらむかわかったものじゃありませんからね」

「よくわかりました……でも、先生、わたくし何だかこわくって……昨夜から、恐ろしい夢ばっかり見て……先生、早くその悪魔をつかまえて下さいましね、ほんとうに心からお願いいたしますわ」

「大前田英策の面目にかけて、かならずやっつけてみせますよ。では、今晩また……」

おれは電話を切った。

昨夜会ったときには、顔かたちの美しさばかり眼について気がつかなかったのだが、こうして電話で話してみると、秋山みつるは顔ばかりでなく、声にも甘ったるいような、どことなく人を惹きつけるところがあるのがよくわかった。

こういう美女から歎願されては、おれも悪い気持はしない。案外むこうはおれに一目惚れして、それで夜九時ごろにホテルへと——ちょっとの間、そんな下らぬことを考えて、おれは思わず苦笑してしまった。

どんな人間でも、自惚(うぬぼ)れというものはあるし、たいていの男は美しい女には弱いものだ。おれもその例外ではないらしい。

しかし、いまは仕事だ。何としても黒魔王を倒さなければならないのだ。

その日の午後いっぱい、急には取る手段もなかったので、おれはいままで起った出来事をもう一度くわしく頭の中で検討して、事件の真相を探る糸口をつかもうと苦心していた。

午後八時ごろになって、おれは秋山みつるを訪ねるために、外出の仕度を始めた。

だが、おれが事務所のドアを押しあけて外へ出ようとしたとき、卓上の電話のベルがけたたましく鳴り響いた。

「もしもし、大前田ですが……」

引きかえして電話に出ると、低い、おしつぶしたような声で、

「大前田英策だな？　裕子がさらわれてさぞかし残念だろうな。ふふふふふ」

後は勝ち誇ったような、不気味な笑い声になった。おれは思わず受話器を握りしめた。

「黒魔王か？」

「その通りだ。お好みならば、庄野健作と呼んでくれてもいいぜ」

「いったい何の用事だね？　気違い先生」

「ふん、今度の小宮裕子のことでも、まだおれの恐ろしさがよくわからないのだな。まあ、これからもゆっくり殺人劇を見せてやろうが……」

「用事は何だと聞いているんだよ！　手を引け――と脅迫するつもりなら、そこらでやめた方がいいぜ。おたがいに貴重な時間と電話料を無駄にするだけのことだ」

「ふふふふ、見事なせりふだが、まあせいぜい命を大切にしろよ。ところで、君は小宮裕子にえらく御執心らしいが、彼女を返してやろうと思ってな、親切に電話をかけてやったのさ」

「何だと！」

「もっとも、もう生きてはいないだろうがね。死体引取人になるのはいやかね？」

さすがのおれもこの時は体中から冷たい汗がふき出してくるのを感じていた。そして同時に、こういう殺人鬼が得意そうにこんな電話をかけて来たことに、押えきれない怒りを感じたが、ここで相手をどなりつけても何のたしにもならない。

おれはつとめて平静な口調で、

「それはどうも御親切さま、死体でも何でもいただきに行くが、場所はどこだ？」

「麻布竜土町(りゅうどちょう)一ノ二五番地、水野(みずの)と表札の出ている洋館の地下室にある。おれの呪いを受けると、どんな恐ろしいことになるか、よく見て来るんだな。もう刑の執行は終ったはずだ」

「はず――だと？　今度は時計仕掛の殺し道具でも使ったのか？」

「なかなか面白いアイデアだが、そうじゃないよ。黒魔術の教団に入ろうという奇特な人間がいたものだから、今度だけは処刑をそいつにまかせたのだ。なにしろこの教えの戒律を守るためには、毎月一人以上の人間の生贄がいるのでね、教祖もなかなか苦労をするよ。いひひひひひ」

最後に気違いじみた高笑いを残して、電話はぷっつり切れてしまった。

いったいどういう意図で、黒魔王の奴はこんな電話をかけてよこしたのだろう？——おれはちょっと首をひねった。

おそらく、犯人にありがちな露出癖過剰と、おれへの対抗意識から、優越感を味わいたいためなのだろうが、同時におれに真向から挑戦する意味もあるのだろう……

とにかく、おれは麻布へ急行することにきめた。秋山みつるとの約束の時間には遅れることになるだろうが、こっちの方が先きだ。

とりあえずホテルへ電話をかけると、秋山みつるはまだ帰っていないということだったので、少し遅れるから——との伝言を頼んで、おれは外へとび出した。

あるいは何かの罠が仕掛けてあるのかもしれない。しかし、当って砕けろだ。いま警察へ連絡などしたら、またあのいやな赤沼の野郎がおれの邪魔をするに違いないのだ。

車で麻布へむかう途中も、おれは瞬時も気をゆるめなかった。敵はどんな手を打ってくるかわからないのだ。

しかし、このおれがそうやすやすと罠になどかかってたまるものか！

水野——という表札の出ている家の前で、おれはあたりに気をくばりながら車をおりた。

高い塀をめぐらし、その上から北欧風のがっしりした、いかにも重々しい感じを与える建物が姿を見せ、枯れた大木が骸骨のように何本も空にむかって突き出ていた。

門のところから中の様子をうかがうと、窓はみんな真暗で、人がいそうな気配もない。

意を決して、中へ踏みこもうとしたときだった。

一台の車がヘッドライトを輝かせながら走って来ると、おれの近くでぴたりと止った。

思わずはっとして身がまえたが、その車がおなじみのルノーだと認めたときには、おれも苦笑いしてしまった。

車のドアを開いて、竜子が姿をあらわすと、

「まあ、あんた、いったいどうしてここへ？」

と、驚いたようにいった。

「それはこっちのいいたいせりふだよ。君こそ、いったいどうしたんだ？　おれは黒魔王の御招待にあずかって、やって来たんだがね」

「あら、わたしもよ……いま電話がかかって来て……」

「ふむ、君も黒魔王事件に首を突っこんでいるようだが、われわれ二人をそろって招待してくれるとは、奴さんもなかなか気がきいているな……二人で仲よくやれという謎かもしれん」

「下らないことをいっている場合じゃないでしょう。早くこの家を調べなければ……」

竜子はオーバーのポケットから金属製のものを取り出して、右手にしっかりと握りしめた。

「ははあ、お得意の玩具を持って来たな」

「うるさいわね、さっさと行くのよ！」

竜子はふくれっ面をしていった。

彼女が手にしているものは、一目見たところたしかにピストルのような恰好はしているが、実

は『ドリュー』という特製のカメラなのだ。八ミリのフィルムが入れてあって、引金がシャッターになっている。夜だとマグネシウム入りのフラッシュ弾が飛び出すという寸法だ。

冗談口をたたきながらも、おれはあたりに十分気を配りながら、前庭を通り抜けて、玄関のところまで進んだ。

玄関の扉を押すと、音もなくすーっと開いた。

家の中へ踏みこんだが、誰もさえぎる者はいない。罠がありそうな感じはなかった。

「たしか、地下室だといっていたわね」

竜子が緊張した声でいった。おれは黙ってうなずくと、懐中電燈のスイッチを入れた。

一生懸命に地下室への降り口を探しまわった末、ようやく階段を見つけ出して、おれたち二人は用心深く下へおりて行った。

突きあたりのドアを開けて、懐中電燈の丸い光の輪が地下室の中にさっと流れこんだとき、おれと竜子は思わず顔を見あわせた。

光の輪の中には、大きな悪魔の像がはっきりと浮び上っていたのだ。

「スイッチ、スイッチはどこだ?」

おれは近くの壁に懐中電燈をむけた。幸い、スイッチはすぐ見つかり、竜子が手をのばして電燈をつけた。

「あっ!」

おれも竜子も、この奇怪な部屋の光景には息をのんだ。

庄野健作の家にも悪魔の部屋があったというが、ここのはそれ以上のようだ。

中央には大きな悪魔の像を飾った祭壇があり、その両わきには西洋の鎧のような不気味な姿の鉄の人像が並んでいる。

壁にはいくつもの蝙蝠の翼がはりつけてあり、そのほか用途も知れないような不気味な形をした器具が沢山置かれていて、気のせいか、部屋全体に血の臭いがたちこめているようだった。

「娘はどこだ？」

ほとんど同時に、おれと竜子は鉄の人像のところへとんで行った。

それはミイラが入っている箱のように、横から開くような仕掛になっていたのだ。人間一人はすっぽりと入る大きさ——だが、その中に裕子はいなかった。

しかし、いなくて幸いだった。中には鋭い釘が内側へ何百本となく打ちこんであったのだ。同じ死体でも、こんなむごたらしい道具で殺されているのを見ては、どうにもやりきれない気持になっただろう。

「鉄の処女！」

竜子が悲鳴に近い叫び声をあげた。

その言葉はおれも耳にしたことがあった。むかしの宗教裁判に使われたという、世にも恐ろしい責め道具なのだ。この中へ入れられては、まず三時間とはもたないだろう。黒魔王の気違いじみた惨忍さをいまさらのように感じて、おれの義憤は激しくかきたてられた。

「娘をどこへかくしたのだ？」

おれと竜子はぐるりと部屋の中を見まわした。

「あれだ！」

祭壇のかげのところに黒い布が何かにかぶせたようになっているのを見つけて、おれと竜子はその方に突進して行った。

黒布をはねのけると、はたして椅子に半裸にされた裕子がしばりつけられ、がっくりと首をたれていた。体のところどころには生々しい傷痕も残っていた。

「やっぱり本当だったのね……黒魔王のいったことは……」

竜子がつぶやくようにいった。

だが、そのとき、おれは裕子の左の二の腕にあるあざに気がついてはっとした。

ハート形の青あざ！

「あっ、これは！」

竜子もほとんど同時に気がついたらしく、それを喰い入るように眺めていた。

こんな奇妙な形のあざが、しかも同じ場所にある人間が二人といるものだろうか！

おれや竜子があんなに探しまわって見つけられなかった今川行彦の娘、慶子というのは小宮裕子だったのか！　何かの理由で名前を変えていたのでそれとわからなかったのだろうか。

おれも竜子も、しばらくの間呆然としてその場に立ちすくんでいた。

燈台もと暗し——というが、いままで何度も顔をあわせているこの娘が……おれは唇を噛んだ。

しかも、ようやくそれと気がついたときには、憎むべき殺人鬼の手にかかった後だったとは……

淡い一抹の希望をかけて、おれは裕子の額に手をあてた。

その瞬間、おれはまるで電気にふれたような気がして、思わずとび上って叫んだ。

「生きている！　どうしたというんだ！　まだ生きている！」

竜子もぎくりとしたように、そのそばへかけよって、乳のあたりに耳をよせた。

「本当……生きているわ……たしかに心臓が動いているわ！」

おれはポケットからナイフを取り出して、しばってある縄を切りほどいた。

裕子は何かの麻睡剤でもかけられたらしく、昏々と眠りつづけているし、よほど恐ろしい目にあったのか、ひどく衰弱しているように感じられたが、命には何の別条もない。

よかった――と思うと同時に、おれの頭には大きな疑問が黒雲のようにわいて来た。

「どうして生きていたのだろう？　あれほどの悪魔がどうしてまた、こんな生ぬるいことをしたのだ？　本当に弟子か誰かにやらせて、そいつが最後の瞬間に恐ろしくなって逃げ出したとでもいうのだろうか？　それとも何かの手違いで……」

しかし、竜子も首をひねるばかりで何とも答えられなかった。

「とにかく、警察へは連絡しなくちゃなるまい。ついでに、今川行彦にも電話をかけて、一応報告だけしておくから、この娘の番を頼むよ」

「あんた一人の手柄にしては駄目よ。わたしもいっしょだったと、はっきりいってもらわなくちゃ……」

竜子はそういうと、自分のオーバーをぬいで、そっと半裸の裕子に着せかけてやった。

何だかんだといいながらも、竜子にもやはり女らしいやさしい心づかいがあるのを見とどけたので、おれは娘が生きていたという安心感も手伝って、ちょっとばかりにやりとした。

竜子もおれの女房になったら、思ったよりも貞淑でやさしい女に変ってしまうに違いない……

警視庁に連絡をすませてから、今川行彦に電話をしたが、あいにくと彼は外出中だった。

電話に出た執事らしい男に、娘さんが見つかったらしいから――と言伝てして、後ほどまた改めて連絡するからといって電話を切ると、おれはまた地下室へ引きかえして来た。

すると竜子が緊張した顔つきで、

「ちょっと、この子意識を回復しそうなのよ。いま、ちょっと眼を開いて、また……どこかに水はないかしら」

おれはまた地下室をとび出して行って、台所を探しあてると、そこに転がっていた湯呑みに水を入れて持って来た。

竜子は裕子の体をさすったり、頬を軽くたたいたりして、しきりに介抱していた。

おれはもどかしくなって、ちょっと激しくゆすぶってみた。

裕子の眼が開いた。おれは湯呑みの水をその口の中へたらしこんだ。

「ここは……いったい、どこ……」

かすれたような声でつぶやいたが、その眼はみるみる恐怖におびえたようになって、また失神しそうになった。恐ろしい悪魔の像が眼に入ったのだろう。

「しっかりして！　僕だ！　大前田英策だ！」

おれは夢中で裕子の体をゆさぶった。

「大前田……先生……では、わたくし助かったんですの……殺されなかったんですの……」

ようやく意識がはっきりしてきたのか、裕子はまじまじとおれの顔を見つめていった。

「そうよ、もう大丈夫……さあ、元気を出してね……もうこわいことなんかないのよ」

竜子もささやくようにいった。

「先生……本物の大前田先生ですわね……黒魔王が先生に化けて……わたくしをここへ……」

裕子がとぎれとぎれに話を始めたとき、上の方でどやどやと荒々しい足音が聞えて来た。

「あれは？」

裕子はおびえたように大きく身をふるわせた。

「大丈夫……きっと警察の連中だろう」

おれは立ち上って、地下室のドアを開けた。

「大前田さん、被害者はここか？」

何人かの人間を従えて、赤沼警部が真赤な顔をしてとびこんで来た。

「あまり興奮させないように注意してくれよ。やっと正気にかえったばかりなんだから」

赤沼警部はうなずいて裕子の方へ近づいて行った。後からついて来た警察医が簡単に裕子を診察した。

「かなり傷も受けているし、肉体的にも精神的にも大きなショックを受けていますね……当分、病院に入れて安静にしておく方がいいでしょうね。相当ひどい拷問でも受けたらしい」

警察医は診察をすますと小声でわれわれに告げた。

おれは発見のいきさつを赤沼警部にくわしく説明してやった。そうしないと、彼のことだから、またおれを疑わないともかぎらないと思ったからだ。

赤沼警部も今日ばかりは仕方がないという顔をして、別に何も文句はいわなかった。

われわれは警察医が強心剤を注射するのを待って、裕子から話を聞き出した。

裕子の話はとぎれとぎれで、ひどく聞きにくかったが、まとめてみると、だいたい次のようなことになった。

裕子をうまくだまして車に乗せた黒魔王は、まず新橋にある「ローザ」という喫茶店へつれこんで、裕子にすっかりおれだと思いこませるようにたくみに話をしたらしいのだ。

そこへ、一人の人相の悪い男がやって来て、黒魔王に何か耳打ちをすると、彼はこれは自分の助手だと裕子に説明し、いま大変な情報が入った、湯浅勝司が監禁されている場所が見つかったらしい――といって、また裕子を車へ乗せて、この家までつれて来たというのだ。

裕子は妙な胸さわぎを覚えて、警察へ連絡した方がよいのではないかといったが、おれに化けた黒魔王は、

――湯浅君が殺されてもかまわないというのならそうしましょう。おそらく、警視庁から多勢やって来てこの家をとりまいたりなどしたら、黒魔王は手足まといになる湯浅君を殺して自分だけ逃げ出すでしょうね。それを避けるためには、こっそり忍びこんで、僕が奴らを食い止めてい

るうちに、あなたが湯浅君を助けて逃げる——そういう作戦をとらなければ……まあ、僕にまかせておきなさい——

といって、ポケットの中の拳銃をちらりとのぞかせて見せ、裕子を安心させると、窓ガラスをまるで本職の泥棒のような器用さで切りとって、そこから手をさしこんで掛金をはずし、二人は中へ入った。そのとき、家の中には人がいるような気配はなかった。

——湯浅君のいるのはここの地下室だということでした。さあ、早く——

黒魔王はそういって、裕子を地下室にさそいこむと、がぜん本性をあらわして、

——君はやっぱり世間知らずの小娘だったな。いよいよとなれば、ほかの手も用意してあったが、最後の最後まで、こっちを大前田英策と信じこんでいるのには驚いた。おれが黒魔王様だと気がつかなかったのか——

とせせら笑って、裕子をしばり上げた。

そして、湯浅勝司から何かあずかっているだろうと、激しくせめたてたが、裕子には何も覚えのないことなので、知らないとしか答えようがなかったのだ。

それから後のことは、悪夢の連続のようで、裕子もくわしいことは覚えていなかった。気違いじみた拷問が何回となく行われ、裕子は何度も気絶したらしい。

湯浅勝司の血を吐くような叫び声の録音を聞かされたし、例の鉄の処女の中へ入れてしまうぞとおどかされもしたという。

とうとう最後に、黒魔王も本当に裕子が何もあずかっていないとわかったらしく、それでは黒

魔術の生贄にしてやる――とわめいて、黒い僧服に着かえてあらわれると、黒い蠟燭に火をつけ、世にも恐ろしい儀式を始めた。

黒魔王が西洋の長剣をひきぬいて、二三度宙に素振りをくれているところで、その鬼気せまる姿に裕子はふたたび気を失ってしまったのだということだった。

「ふむ、でも何故……やめたのだろう?」

話を聞いて赤沼警部も首をひねっていた。

これだけの話をするのもやっとのように、裕子はぐったりとなっていた。しかし、おれと竜子は顔を見あわせると、同時に我慢出来なくなってたずねた。

「裕子さん、ちょっと聞きたいことがあるの」

「今度はそんなこわい話じゃないんだよ」

裕子は眼を上げておれたちを見つめた。

「いつかあなたにはちょっとばかり身の上話をしたことがありましたね。あなたの亡くなったお母さんというのは、もしや再婚していたのではなかったのですか?」

裕子は驚いたように、

「ええ……わたくしがまだ子供の頃に再婚して小宮姓になったのですけれど、それがこの事件と何か……」

「いや、それとはまったく別の話ですよ。それで、その旧姓を覚えていますか」

「今川――というのじゃなくて?」

竜子もそばから熱心にいった。

裕子はわけがわからないといったような顔をして、

「ええ、その通りですわ……わたくしの本当の父は戦死したのだと、母から聞かされておりましたが……」

「ねえ、裕子さん、もう一つ聞かせて。あなたの名前は本名じゃないんじゃない？　本当は慶子と……」

竜子は身をのり出していた。

「ええ……母が姓名判断にこっていたものですから、それで名をかえて、裕子と……でも、それがどうしたというんですの？」

「裕子さん、今度はいい話ですよ」

「あなたの本当のお父さんが生きていたのよ！　お父さんが見つかったのよ！」

竜子はすっかり興奮して叫んだ。お父さんが見つかった——というのは逆じゃないかとおれは思ったが、言葉のあやどころの話ではなかった。

あまり意外なことの連続に、裕子——面倒だから、これからはこの名で呼ぶことにするが——は、すっかり頭が混乱してしまったのだろう。ぼんやりした眼つきでおれたちを見ていたが、やがてまた失神状態になってしまったのだ。

「警部さん、この娘をどうするつもりだ？」

おれは赤沼警部にたずねた。

「うむ、だいたい必要なことは聞いたから、早くどこかへ運んで手当をしてやらなくてはなるまいが……」

「近くの病院へ入れてやってくれないか。警察の嘱託医がどこかにいるだろう?」

「それは警察医も病院へ入れた方がよいといっているから異存はないが、君が身元引受人になるかね? それに、個人経営の病院に入れれば、当然金もかかるが……」

「かまわん。金はいくらかかってもいい。おれが責任を持つよ」

「ところで、いまの話は何ごとだね? 話の様子では、これはたしかに私立探偵の領分のことらしかったが……」

竜子がかいつまんで娘探しの事情を説明すると、赤沼警部は大きくうなずいて、

「なるほど、ひょんなことから見つけ出したというわけか。それならば謝礼をたっぷりもらえるのだろうから、入院代などにけちけちすることはないわけだ」

ちらりとおれの方を見て、またこっちの気にさわるようなせりふを並べたてた。

「ところで警部、かくなる上は、われわれはもう退散してもよいだろうね? また捜査のお邪魔になっては悪いからな。どうせこれから、この家中をひっかきまわして、証拠品探しをやるんだろう?」

「よけいな心配をしなくてもいいよ。今日はえらくおとなしくかまえているようだが、その実、われわれが来る前に、すっかり調べ上げてしまって、もうここには用がないのだろう」

赤沼警部はいまいましそうに、

「まあ仕方がない。行きたまえ。また後で警視庁へ出頭してもらうかもしれんが……」

「それでは警部さん、ごゆるりと。娘はよろしく頼んだぜ」

おれは秋山みつると会うのがすっかり遅れたのが気になっていたので、娘の処置は警部にまかせて地下室を出ようとした。

家中を調べまわったわけではないが、黒魔王ほどの悪党が、この家に尻尾をつかまえられるような品物を残して行ったとは考えられなかった。たしかに、この家にもう用はない。

「あたしも帰るわ」

竜子はそういうと何を思ったのか、おれの後を追って来た。家の玄関を出たところで、

「五代目先生、今日はえらくお急ぎね。いつものあんたのやり口なら、娘を病院へ担ぎこむまでがんばっていそうなものじゃないの」

と、探りを入れるようなことをいい出した。

「はははは、さすがに竜子姐御は眼が高いな。君のいつものきまり文句で、職業上の秘密、ノーコメントといおうか。それとも……」

おれは竜子をじっと見つめて、

「それともこの辺でいい加減に意地の張りあいをやめて、共同戦線をはることにするか。おたがいに手の中のカードをさらけ出すことにしないかね。君は、黒魔王の事件について、どの程度のことを知っているんだ? 蒙古王——といつか君は口をすべらせたが、それはいったい何なのだ?」

「そうね……」

竜子は何かいいかけたが、はっと思いなおしたように、

「あぶない、あぶない……あやうく誘導訊問にひっかかるところだったわ。わたしにばかりしゃべらせようって手はないわ。まず、あなたの方からカードをお見せなさい。それまで、こっちはノーコメント」

「しょうのない奴だな。まったく、おれはどうしてまた、こんな厄介な女に惚れちまったんだろう。たまにはそっちからゆずったらどうだね？　君一人では黒魔王は強敵すぎると思えばこそ、共同戦線をはろうと申し出ているのに……」

「よけいな心配は御無用よ。とにかく、申しこんだのはあなたの方なんだから、あなたの方から話すのが礼儀というものでございましょう？」

「また道徳教育かい、やれやれ……仕方がない。それでは僕の手のうちを見せよう。いっしょについていおいで」

おれは竜子を秋山みつるのところへ引っぱって行くことに決めて、そういった。

だいぶ遅くなっているから行く前に一度電話をしておこうかと思って、おれは公衆電話のボックスに入った。

ふと思いついて、まず、もう一度今川行彦の家に電話をかけたが、主人はまだ帰っておりません——という返事だった。

それから、ニュー・トウキョウ・ホテルを呼び出して、みつるの部屋へつないでもらったが、

どうしたことか、電話には誰も出て来なかった。

しばらくして、ホテルの交換手の声で、

「お出にならないようですが、ちょっとどこかへお出かけになったのかもしれません。それとも、もうお休みになったのか……」

「ホテルに帰ったことはたしかなのですか？　ちょっと急用があるので……」

おれは妙な胸さわぎを覚えてたずねた。

「ちょっとお待ち下さいませ……」

ボーイにでもたずねているのか、しばらく間をおいて、

「もうだいぶ前に一度お帰りになったことはたしかだそうでございます」

「なるほど、いや、どうもありがとう」

おれはひどく不安な気持になって電話のボックスを出た。何か変事がなければいいが……

竜子はおれのただならぬ顔つきを見て、何かあるとさとったのだろう。愛用のルノーにとび乗ると、

「どこへ？」

と短かくたずねた。

「八重州口のニュー・トウキョウ・ホテル……急いで頼むよ」

いつもなら、まるでタクシーの運転手に対するような、こんな口のきき方をすれば、竜子はたちまち文句をつけて来るところだが、おれの不安な気持が彼女にも伝わったのか、黙ってうなず

くと、ハンドルを握りしめ、勢いよくアクセルを踏んだ。
ルノーは速度制限を超過したスピードで夜の闇の中へ突進していった。

第七章

ホテルへ着いたときは、もう十一時近かった。

「大前田英策という者だが、秋山みつるさんの部屋を呼び出してくれないか」

おれはボーイをつかまえていった。

「大前田英策さん？」

感情を決して顔に出さないように訓練を受けているはずのボーイが、ありありと驚きの表情を浮べた。

「そうだよ。どうしたね、妙な顔をして」

「はあ……実はさきほど、同じお名前の方を秋山さんのお部屋へ御案内したばかりでございますので……おたくさまとはお顔は違っておりましたが、同名異人なのでございましょうか？」

「何だと！」

とたんにおれは、頭にかっと血が上って来たように感じた。

またやられたか！　考えてみれば、秋山みつるには裕子が誘拐された話はしたものの、どんな方法でやられたのかは、脇村女史のところで話しておかなかったのだ！

「そいつはもう帰ったのか?」

「はあ、もう一時間以上も前に……半時間あまり秋山さんのお部屋におられたと思いますが……」

「しまったっ!」

おれは思わずうめいた。後に立っていた竜子も顔色を変えていた。

「君、支配人を呼んでくれたまえ。それから、念のために秋山さんの部屋を呼んでみてくれ……返事はないと思うが……」

おれたちのただならぬ様子にボーイはすっかり驚いて、あわててどこかへとんで行ったが、しばらくすると支配人をつれて戻って来て、

「秋山さんのお部屋からは、何の御返事もございませんが……」

「いったいどうしたわけでございましょう」

支配人も血の気の失せた顔でたずねた。

「殺しだ――そいつはたしかに黒魔王、凶悪きわまる殺人鬼だ。僕の名をかたったのだ。まず、秋山さんは百のうち九十九まで、生きてはいまい……」

この時のおれの気持では、これでもかなり控え目な表現をしたつもりだったのだが、支配人は文字通り飛び上った。

「部屋へ案内してくれたまえ。合鍵はあるね?」

おれは、すっかり狼狽しきっておろおろしている支配人とボーイを叱咤すると、みつるの部屋

へ急いだ。

ドアを開けると、みつるの荷物がめちゃめちゃにひっかきまわされているのが一眼でわかった。しかし、みつるの姿はどこにもない。

「どこかへお出かけになっていて、その間に泥棒にでも入られたのでは……」

支配人は自分をなぐさめるようにつぶやいた。どっちにしてもホテルの信用にかかわることだが、殺人事件よりはただの盗難の方が支配人にしてみればまだましには違いない。

しかし、おれは強く首をふって、奥のバスルームのドアをぐっと手前に引いた。

眠っているように眼を閉じて、みつるはバスに浸っていた。その美しい体は身動き一つしなかった。

後からのぞきこんだ竜子が小さな叫び声を立てた。

湯槽(ゆぶね)にはシャボンの泡が満ちあふれていたが、それは七彩の虹色に輝く普通の泡ではなく、すべて紅色に染っていた。燃えるような焔の色——血の色だった。何ともいえない不気味な、しかも眼のさめるような鮮やかな色だった。

「あれ!」

支配人はへなへなとその場へ腰を抜かしてしまった。

竜子が指さした方を見ると、浴室の白壁の上に、黒魔王——という文字が血で書き記されていた。

「支配人さん、御覧の通りだ……すぐ警視庁へ電話を……いや、おれがかけよう」

放心状態になっている支配人では頼りなかったので、おれは電話器のところへとんで行って、黒崎警部を呼び出すと、手短かに事件を説明した。電話をかけ終ると、

「やられたわね」

竜子が低い声で話しかけた。

「うむ……あいつのやることはまったく気違いじみているが、そのくせ実に計画的だ……この前も、近藤みどりを殺すとすぐ、そのアパートを荒しに行った……今度は、われわれが裕子のことで大さわぎをしている間に、悠々とこっちで一仕事やってのけた……」

おれと竜子を麻布のあの家へ招待したのはこんな意図もあったためなのか！　おれはそう思うと口惜しくてたまらなかった。今度はたしかにあいつに一本取られた形だった。

支配人とボーイはまだ浴室の前にぼんやりと立ちすくんでいた。それも無理はない。こんな事件は、今までの単調平凡な生活の連続では経験はおろか、想像も出来なかったことに違いないのだ。この大胆な、そして妖美ともいえる殺人シーンが、彼らの心と神経を魔術にかかったように完全にしびれさせてしまったらしいのだった。

間もなく、黒崎警部を先頭にして、何人もの捜査官がどやどやとホテルに押しかけて来た。一応現場検証を終ると、黒崎警部はおれと竜子を別室へ呼んで、

「黒魔王事件は一応赤沼君の担当になっているんだが、いま彼は麻布の方に行っているし、事件がこう拡がって来ると一人の手にもおえまい――ということになって、僕も手伝うことになった

のだ。一晩のうちにつづけて二度もわれわれ警視庁の者やあなたたちの鼻面をつかんで引きずりまわすとは、黒魔王という奴も、なんという太い野郎だろうねえ」

といって、腹を立てたというよりも、むしろ呆れたような顔をしていた。

「しかも、二度までおれをだしに使いやがって……」

おれはそれを考えると腸（はらわた）が煮えくりかえるような気がした。

「ところで、大前田さん、さっきの短い電話じゃわからなかったが、あなたと被害者との間にはどんな関係があったんだね？　そして、ここへやって来たわけは？」

おれがそのいきさつを物語ると、警部は大さくうなずいて、

「ふむ……おそらくその銀紙の球というのは盗まれてしまったのだろうな……念のためにもう一度よく調べてみるが……」

黒崎警部は部下に命令してから、

「あいつは何かを狙っているんだな……それにしても、黒魔王という奴は、何人もの人間を殺してまで、何をほしがっているのだろう？　まったく気違い沙汰だ……まさか銀紙の球に恋いこがれているわけでもあるまいが……」

と、嚙んで吐き出すようにいった。

「表面だけを眺めると、たしかに奴の行動は気違いじみている。どうせこういう殺人鬼のことだから、頭の中の神経も何本か狂っているには違いないだろう。ただ、奴は奴なりにやはり何かの目的を持って動いていることだけはたしかだろう。銀紙の球も、その目的にからんでいる物だっ

たに違いない……その中に何が隠されていたか……世にも貴重な宝石か何かでも……」

おれがそういいかけたとき、

「わたしもそう思うわ！」

突然、横あいから竜子が口をはさんだ。

「どうやら、あなたの方はそれでカードをぶちまけたようね。今度はわたしの番ね。黒魔王がねらっているのは、きっと蒙古王よ」

「蒙古王？」

黒崎警部はこの言葉は初耳だったらしく、不審そうに問いかえしたが、おれは思わず身をのり出した。

「実はね、わたしは大塚家から、ある事件を依頼されていたの。死んだ大塚徳右衛門氏は相当の額になる宝石を奥さんの悠子夫人のために残しておいたんだそうですけれど、その中に『蒙古王』という百六十五カラットの世界的な宝石があったのね。時価数億とまでいわれているらしいんだけど、何でも代々蒙古の王族の間に伝わっていたものらしくて、西洋の有名な宝石と違って、あまり人に知られていないものらしいのよ」

「なるほど、それで？」

おれは都ホテルのロビーでの会話を思い出した。

「その宝石類はある銀行の貸金庫の中にあずけられていたそうですけれど、それを悠子は二ケ月ほど前に持ち出したのね。悠子は家族との間がしっくりいっていなかったので、お金を自分でつくりたかったらしく、蒙古王を売ろうとしたわけなの。ところがそのとき、運悪く悠子は脳出血の発作を起して……」

竜子はちょっと一息入れて、熱心に聞いている警部とおれの顔を見つめていたが、すぐに話をつづけて、

「まあ、病気は割に軽くすんで、命には別条もないだろうということになったんだけど、そのどさくさの最中に、この蒙古王が突然紛失してしまったというわけなの」

「ふむ、それで？」

「悠子のほかには誰もこの宝石を見た者はいなかったので、大塚一族の者が悠子のところへ集って、売る前に一眼でもこのすばらしい宝石を見ておきたい——という単純な動機で、宝石箱を取り出したところが、盗難が判明したというのよ」

「それで、君がその調査を依頼されたわけなんだね？」

「ええ、本来ならば、警察へとどけるべき事件でしょうが、家名にこだわったのでしょうね。盗難の状況から考えて、犯人は内部の者だとしか思えなかったらしいの。わたしも調べてみたけれど、いろいろな条件から考えてたしかに犯人はそのとき集っていたうちの一人だと確信したわ。くわしい話はこの際はぶくけど、集っていたのは悠子のほか五人——徳太郎とその妻の陽子、福二郎と妻の君代、それにこの商談を持ちこんで来た近藤君雄——ともかく、それ以後というものは、大塚一族の間には、たがいに相手を疑うような反目と不和が流れて、ただでさえごたごたしている家族の間に、いっそう険悪な空気がただよい始めたの」

湯浅勝司が探っていた大塚家のお家騒動というのは、こういうことだったのか！

「わたしは最近悠子の病床に呼ばれて、この事件の調査を依頼されたわけ……なにしろこの宝石は悠子の個人所有ということになっているので、五人みんながそれぞれ盗む可能性を持っているのね。とくに、あんなにごたごたした家庭では、なおさらそうなの……でも、徳右衛門の妾腹の子供とはいっても、一応家族の外にある近藤君雄が、常識的にいって一番くさいでしょう？　だから、わたしはまず彼に探りを入れてみたの。そうしたら、どうもいろいろと疑わしい点があるのよ。あげくの果に、京都まで出かけて行って、ある宝石商と密談をしてみたり……」

「なるほど、それでは、君があのとき京都へ来ていたのは、近藤君雄をつけて来たからだったのか？　たしかに、君の狙いははずれていないように思えるね。実は僕も……」

おれは例の盗み聞きした会話のことを話して、

「もちろん、これだけでは近藤君雄が宝石泥棒の真犯人だったと断定は出来ないがね……ところが、その近藤君雄は死んでしまった……それで君は、黒魔王の狙いは、この蒙古王紛失事件と何か関係があるのではないかと睨んだわけか」

「ええ……しかも近藤君雄の妻のみどりが殺されるし、この夫婦と仲がよかった秋山みつるもこうして殺されてしまったし……それに、湯浅勝司もわたしが調べたところ、近藤夫妻と何か深いつながりがあったようなんだけど、その勝司も行方不明になるし、恋人の裕子は何かあずかったろうといって脅迫されたというし……黒魔王が狙っているのは蒙古王ではないかと考えるのは当然でしょう？」

「なるほど、それはよいことを聞かせてくれた。もっと早く話してくれれば、もっともっとよかったんだが……」

黒崎警部がしきりに考えこみながら別に皮肉というわけでもなくそういったとき、刑事の一人が入って来て、

「警部殿、部屋中残らず探しましたが、銀紙の球などどこにもありませんでした」

と報告した。

「やっぱりそうか……大前田さん、本当にその銀紙の球の中に蒙古王が入っていたのだろうか？」

「さあ……」

おれにも何とも答えられなかった。ただ、隠し方としては少々幼稚すぎるような気もしたが……

「それにしても、黒魔王という奴は、人を殺すことにかけてはえらく手ぎわがよいが、その蒙古王を探し出すのにはずいぶん要領が悪いな。これだけ何人もの人間を襲えば、たいがいどこにあるか見当がつきそうなものじゃないか。まあ、その銀紙の球の中に入っていたとすれば、ようやく目的を達したことになるがね」

黒崎警部がいうのももっともだった。

「ところで、その銀紙の球が近藤夫妻のカモフラージュか何かで、蒙古王など入ってはいなかったと仮定してみよう。そうすると、黒魔王はまた誰かを狙うだろうね。君はそういう人物の心あ

たりがあるかい？」

　おれは竜子にたずねた。

「わたしが調べたところでは、近藤君雄につながる線では、もうこれ以上誰もいないわ。いるとしたら、秋山みつるや小宮裕子に近づいていた大前田大先生ぐらいのものよ」

「これは御挨拶だな……それで、いったいそもそも、宝石を盗み出したのが近藤君雄だということは、本当にたしかなんだろうか？　君もそう考えたらしいし、今までの殺人事件から見て黒魔王もその線にそって行動していることは間違いなさそうだが、案外犯人はほかの人間だったんではないだろうか？　奴がなかなか宝石を見つけ出せなかったのは、近藤君雄の線ばかりたどっていたからではないだろうかね？」

「うむ、そいつは面白い考え方だな」

　黒崎警部は大きくうなずいたが、竜子は首をかしげて、

「さあ……それはもちろん、考えられることだけれど、わたしはやはり近藤君雄が盗んだのだと思うわ。直接的な証拠は何もないのだけれど、いろいろな事情から見て、そういう気がするのよ」

「君の勘――だというんじゃ、あんまり当てにならないね」

　おれが口をすべらせると、たちまち竜子は気色ばんで、

「あなたはよくもそんな口がきけたものね。あなたがぼんやりしているから、その隙を狙われて、近藤みどりも、小宮裕子も、それから秋山みつるも、みんな黒魔王の魔の手にかかったんじゃな

いの。だいたい、今度の事件では、あなたのだらしのないことといったら……」

「何だと！」

おれは顔色を変えて立ち上った。

正直なことをいうと、胸の中にわだかまっているものをずばりといわれたので、思わずかっとなったのだが、いかにおれが惚れている相手にでも、こんなせりふをおとなしくしゃべらせておくという法はない。

「もう一度いってみろ！　そっちこそ、それだけの事情を知っていながら、何も出来なかったくせに！」

おれは拳を固めて竜子を睨みつけた。本当にぶんなぐる気はなかったが、少しおどかして、おとなしくさせないと後が思いやられる……

「まあまあ」

黒崎警部が苦笑いしながら割って入った。

「内輪喧嘩をしても始まらないでしょう。なにも大前田さん自身が黒魔王にだまされたわけではなくて、被害者の方が不注意だったのだから、川島さんもそういうことをいってはいけませんな。大前田さん、あなたも何もそうむきになることはないでしょう。せっかく今日は御両人とも仲よくやっていたんだから……」

警部はにやりと笑った。彼はおれと竜子が表面では喧嘩ばかりしていても、内心では惚れあっていることをちゃんと勘づいているらしい。

「毛利元就の故事にもあるでしょう。三本の矢をたばねると強いが、一本一本ばらばらではすぐ折れるとね……もうちょっと、仲むつまじくやって下さいよ……まあ、それはともかく、たしかに大塚家を洗ってみる必要はあるようだね。黒魔王は大塚家と何かのつながりがあるんじゃないかと思うが……」

「そうだね。僕もそう思うよ」

おれは大きくうなずいて答えた。

翌日、おれは竜子といっしょに、裕子が入院している萩原医院へ今川行彦を案内して行った。まったくの偶然で発見したというのでは、いくら何でも芸がなさすぎるので、ようやく探し出したと思ったら黒魔王に誘拐されてしまい、それを竜子と二人で救いに行ったのだということにした。

「いいですか、あまりお嬢さんを興奮させないように気をつけて下さいね。なにしろあんな事件の後だし、顔も覚えていない、死んだと聞かされていた父親が急にあらわれたとあっては、それだけでも精神的には大きなショックですからね」

おれが病院の前で念を押すと、今川行彦は神妙に、

「わかりました……本当ならば、おめおめと娘に会えた義理ではないのですが……いままでかけた苦労を少しでもつぐないたいと……今日のところは顔を見るだけでもよいですから……娘の気分が落着いたところで、大前田先生と川島先生からでも、ゆっくり事情を説明してやっていただ

きたいと思います」

といって、ポケットからハンカチを出すと眼がしらを押えた。

戦線を脱走したり、南米へ荒稼ぎに行ったりした男にしては、すこぶる涙もろいと思ったが、日本人というものは浪花節的なところが多いから、それも当然なのかもしれない。

病院にはあらかじめ電話をかけておいたので、受附に案内を乞うと、院長の萩原博士自身が出て来て、われわれを迎えた。

「娘の様子はどうでしょう?」

今川行彦は心配そうにたずねた。

「精密検査をやってみましたが、とくにどことといって悪いところはないのです。かなり衰弱していますが、それも精神的な影響がほとんどですね。外傷もかなり多いですが、深い傷はないので、たいしたことはありません」

萩原博士は裕子の病状を説明しながら、病室へ案内して行った。

病室のドアをそっと開けると、裕子のベッドのわきに一人の男がこちらに背中をむけて立っているのが見えた。

一瞬ぎくりとしたが、男がこちらへふりかえったのを見て、ほっと安心した。

阿部利弘だったのだ。

「あ、先生ですか……昨夜は大活躍だったそうですねえ……僕もすっかり驚いて、いま急いでお見舞いに来たのですが……」

阿部利弘はちょっと赤くなって、照れかくしのようにサイドテーブルの上の花瓶を指さすと、

「どうです？　僕にも案外審美眼があるでしょう？」

といって笑った。

おれは花のことはよく知らないので、阿部利弘に審美眼があるかどうかはわからなかったが、とにかく青磁色の花瓶にいろいろな花が沢山入っていて、なかなか美しいと思った。

「阿部君、追い出すようで悪いが、いまから親子の対面があるのでね。君は失礼してくれないか――事情は後で説明するよ」

「親子の対面？　だって、裕子さんの両親は死んだと……はは あ、先生、何かありますね、こりゃあ感激の親子対面と……先生、追い出すとは殺生ですよ。こりゃ、話の様子によっては特種ものです……先生、いやですよ！　僕はここに残っていいます！」

阿部利弘は新聞記者根性を出して、居なおった。

「そんな無茶をいうもんじゃないよ。こういうことは、当人の間だけの喜びとして、そっとしておいて上げるものだ」

「いやいや、こういう世の中では、明るいニュースが読者にどれだけ喜んで迎えられるかしれないのです。先生、おとなしくしていますから、ここにいさせて下さいよ」

「あなたは取材に来たんではなくて、お見舞いに来たんでしょう。それがすんだのなら、さっさと帰って……」

竜子も助太刀をだしてくれたが、こんなことで引っこむような新聞記者などはどこにもいない。

ついに萩原院長が苦い顔をして、

「この人は新聞記者だったのですか？　それならば面会を許すのではなかった……この娘さんの友達だというものだから、わたしはまた恋人か何かだろうと思って……君、この病院の責任者としていうが、出て行ってくれたまえ！」

「だって、本当に友達なんですよ」

阿部利弘は弱りきった顔をした。

「阿部さん」

そのとき、いままで黙って寝ていた裕子が細い声でいった。

「今日はお帰りになってね……また、いつかおひまなときにでも来ていただければ……うれしいですわ……院長先生を怒らせたら……駄目じゃありませんの……」

「はあ……そうですか……それでは……」

とたんに阿部利弘はふにゃふにゃと軟化してしまった。ここにも女に弱い男の標本がいた！

「それじゃ、裕子さん、早く元気になって下さいね……また来ますよ、あなたの退屈しのぎにはなるでしょう……皆さん、どうもとんだ失礼を……先生、どうもお邪魔をしました」

阿部利弘はばつが悪そうにもじもじしていたが、それだけいうと、そそくさと病室から出て行った。

とんでもない前座が入ったので、人情劇の雰囲気はぶちこわしになってしまったが、当人たちはかえって気が楽になったらしい。

「慶子――許しておくれ……」

今川行彦はベッドのわきにかけよると、つぶやくようにいった。

「お父様……ですのね……なんだか、夢みたいで……」

「無理もない……いままで知らぬ顔をしていて、おまえにも、お母さんにもさんざん苦労をかけて……」

今川行彦はまたハンカチを取り出した。どうやら、また人情劇調になって来たようだ。

「もう、これからは絶対におまえに苦労はかけないからね……慶子……わたしを父と呼んでくれるだろうね」

「ええ、お父様……まだ本当のような気がしませんけど……じきになれるでしょう……」

青白い顔に弱々しい笑いを浮べて、

「でも、わたしのことは、裕子と呼んで下さいね……死んだお母様が、いい名前だからといって、わざわざ姓名判断の先生のところへ行ってつけて下さったのですもの……わたしも、いまでは裕子と呼ばれないと、何だかぴんとこないんですの……」

「そうか……あれだけ苦労をかけさせれば、お母さんが姓名判断にこって、名前を変える気になったのも無理はないだろう……」

今川行彦は大いにウエットぶりを発揮して、またハンカチを眼にあてていた。おれは新派悲劇の舞台でも見ているような気がした。

しかし、横眼でちらりと竜子の方を見ると、彼女はすっかり感動している様子だった。こういう点では、やはり女だと思うのだが、どうして、あんなにおれに対しては意地をはるのだろう？どうも女心というのはわからないものだ。

　わからないといえば、裕子の心理状態もおれにはさっぱりわからない。さっきの阿部利弘とのいきさつはどうも気になる。裕子は気だてのよい娘だから、あそこで阿部利弘に助け舟を出したのかもしれないし、病院に一人ぼっちでいてさびしいこともたしかだろうから、そこまで勘ぐる必要はないのかもしれないが、おれにはあの二人の態度から見て、そんな単純なものではないように思えたのだ。

　黒魔王の罠にかかったとはいえ、湯浅勝司を助け出すつもりで、あれだけの危険をおかした裕子が、たった一日や二日で、ほかの男にあんなに親しそうに口をきき始めるとは……もちろん、今度の事件を通じて、阿部利弘とはかなり親しくなってはいただろうが、それにしても……まったく、女心というものはわからないものだ。

　おれがこんなことを考えている間に、人情芝居はどんどん進行していたらしい。

「あまり長くなるといけませんから、もうそのくらいで」

院長の声に、おれはわれに帰った。

今川行彦も二言三言、裕子に何かいうと、ベッドのわきを離れた。

われわれは病室を出ると、萩原博士の案内で別室に入って、裕子のことについて相談した。今川行彦は、いま自分のもとへ引きとっても、女手もないことだから、健康になるまでここに入院させておきたい――と申し出た。われわれもこの処置には賛成だった。

「まさか同じ人間を二度も襲うことはないと思いますが、念のために、院長さんにお願いしておきます。裕子さんに面会に来た者がいても、われわれ三人以外にはなるべく会わせないようにして下さい。会わせるときには、御面倒でもかならず立会人を一人おいてほしいのです。それから、僕の名前をかたって、変装しているのだ――などという奴が来たら、絶対に会わせないで、すぐ連絡して下さい。まあ、もうこれ以上同じ手は使わないでしょうが、黒魔王という奴は恐ろしい相手ですからね。用心するにこしたことはないと思うのです」

おれがそういうと、博士は、

「わかりました。わたしも警察の嘱託医です。裕子さんのことは引受けますから、安心して下さい。ところで、さっきの青年がまた来たらどうしましょう?」

「本人が会いたがっているようですから、会わせてやってよいと思います。先生、あの人はまさか黒魔王ではないのでしょう?」

今川行彦がいい出したので、おれは、

「彼なら大丈夫でしょうね」

と答えたが、別の方面ではあまり大丈夫だとは思えなかった。湯浅勝司がどこかからひょっこり出て来たら、厄介な三角関係になりそうな雲行きだ……

「ところで先生、いったい黒魔王というのはどんな奴なのです? どうしてまた、わたしの娘などを襲ったのです? そいつが狙っているのは何なのですか?」

今川行彦のこの質問は、当然予想されたものだったから、おれと竜子はかわるがわる、かいつまんで裕子に関係したことがらだけを、話して聞かせてやった。今川行彦はすっかりこの事件に興味を持ったらしく、いろいろな質問も出してきたが、最後に竜子が、

「結局、黒魔王は一種の気違いですわね。殺人狂——黒魔術の狂信者なんでしょう」

と、しめくくりをつけるようにいうと、今川行彦は大きくうなずいて、その殺人狂から娘を助け出してくれて本当にありがたい——という意味のことを、くどくどと大げさな言葉で並べたてた。

しかし、本当のところは黒魔王に招待されたので、しかも偶然行彦の娘とわかったのだから、おれはくすぐったくてたまらなかった。あまり感謝の言葉が長々とつづいたので、おれは皮肉をいわれているような気さえした。

だが、そこへ看護婦の一人が真青になってとびこんで来て、

「先生、あのお嬢さん——二百十六号室の患者さんが、また失神なさいまして……」

といったので、われわれははっと腰を浮かせた。

「何だと……何が起ったんだ?」

院長が鋭い声でたずねた。

「それが……メッセンジャー・ボーイがお見舞い品だからといってとどけて来た物を、そのままお渡ししただけなのですが……上にのっていた名刺を御覧になって、真青になられて……」

おれは廊下をすさまじい勢いでかけ抜けて、二百十六号室へとびこんで行った。竜子がすぐ後を追って来た。

「あっ！」

おれと竜子はテーブルの上の紙包みを見て、思わず顔を見あわせた。

――庄野健作――

名刺にはそう記されていたのだ。

おれはすぐにその包みを開いた。菓子折ぐらいの大きさのボール紙の箱が出て来た。

蓋を取って、おれと竜子はもう一度顔を見あわせた。

その中には、よれよれになった錫箔――煙草の箱に入っている銀紙が何枚も何枚もつめこんであったのだ。

箱の中味を全部出してみても、それ以外には何も見つからなかった。もちろん、秋山みつるが持っていた銀紙の球をほぐしたものに違いない。黒魔王はまたわれわれに挑戦状をたたきつけて来たのだ。

後からやって来た今川行彦と萩原博士が呆気にとられたように、この銀紙の山を見つめていた。

それにしても、これをとどけてよこしたのは、この通り中味はちょうだいしたよ――という意味なのか、それとも、中には何も入っていなかったからまた暴れだすぞ――という警告のつもりなのか？

竜子も同じことを考えているのだろう。

病院の中で、銀紙の山を前にして、われわれ二人は、しばらくの間化石したようにその場に突っ立っていた。

第八章

病院を出て、今川行彦と別れたおれは、そのまま帰ろうとしていた竜子を呼び止めた。

「ものは相談だがね、これから大塚家へ乗りこみたいと思うんだが、いっしょに行ってくれないか」

おれがそういい出すと、竜子はとたんに渋い顔をして、口をとがらせた。

「いっしょに行く――なんてものじゃないでしょう。蒙古王の捜査を頼まれているのはわたしなんですからね。行くとしても、あなたはおともなんですよ。何の権利もないあなたが一人で乗りこんでいったって、どうせろくな結果は得られないにきまっているから、わたしを利用するつもりなんでしょう？　あなたの魂胆はちゃんと読めるわ」

まったくその通りなので、おれも仕方なく苦笑した。

「まんざら察しは悪くないようだね」

「何をいってるのよ。それならば、お頼み申し上げます――と、最敬礼をなさい。何といっても、今度はこっちがポイントを握っているんですからね。人にものを頼むときには頼み方ってものがあるのよ。だいたいあなたは……」

「わかったよ。道徳教育はもうたくさんだ。それでは、竜子姐御、お頼み申し上げまする」

おれは大げさに頭を下げた。人に頭を下げるのは、あんまり好きではないが、この場合にはしかたがない。いよいよとなれば手がないこともないが、大塚家を調べるためには、たしかに竜子を通すのが一番手取り早いし、効果的でもあるのだ。

それに、おれとしては、ここで竜子と共同戦線をはっておかないと、竜子の身の上が心配でたまらなくなる。彼女を放っておけば、また一人で危い捜査に乗り出して、どんな危険な目にあうか知れたものではないからだ。

竜子も口ではなんだかんだといっていても、黒魔王という悪魔の恐ろしさはもう十分感じているに違いない。ふだんならば、意地を突っぱり通して、得点をかせぐチャンスとばかり、おれの申出などは断ってしまっただろうが、今度はわりとあっさり首を縦に振った。

「まあほかならぬ五代目さんのいうことだから、仕方がないわ。でも、今日はあなたはあくまでおともよ。わたしが主客なんだから、あまり出しゃばらないように気をつけてね」

「やれやれ、めったにいばれない奴は、たまの機会には、すっかり調子に乗るものだがね……あ、いやいや、これは失礼……エリザベス陛下、さあ、おともしましょう」

大塚家へ着くまではおとなしくしているに限る。

竜子愛用のルノーは間もなく、午後の陽光の中へ走り出して行った。車へ乗りこむと、おれも竜子も、もう冗談口などは一言もたたかなかった。

何故か、そのときおれは敵地に乗りこむような気さえしたのだ。

蒙古王が大塚家の所有物なのだから、この事件がこの旧財閥と関係があるのは当然のことかもしれないが、黒魔王はもっとそれ以上に大塚家に食い入っているのではないだろうか――おれにはそう思われてならなかった。

青山にある大塚家の邸宅は、先代の徳右衛門の趣味を反映して、西欧建築美術の標本みたいな、凝りに凝ったものだった。

おれは美術にはあまりくわしい方ではないから、バロック風だのロココ風だのといわれてもよくわからないが、とにかくいろんな様式をあちらこちらに取り入れたものらしい。

寺院の写真で見るようなとがった塔（たしか、ゴチック式というものらしいが）があるかと思うと、玄関はイオニア式だかコリント式だか知らないが、とにかくギリシア風の石柱で出来ている――といった具合なのだ。

竜子が玄関に出て来た女中に、御依頼の件について話に来たのですが――と来意を告げると、われわれ二人は間もなく応接室へ案内された。

建物の中は外観以上に凝ったもので、しかも古典的な雰囲気に包まれているので、おれは何世紀か前の貴族の邸宅にでも迷いこんだような気がした。

ただ、当主の徳太郎が美術などには関心がないためなのか、どっしりとした古典趣味のこの建物の内部には、おれが考えてもどうもしっくりしない現代的な家具などが無雑作に置かれていて、奇妙にアンバランスな感じがした。

現在この建物には徳太郎夫妻が住んでいて、福二郎夫妻はその裏に新しい家を作って住んでいるということだが、そうしてみると、せっかくの建物をぶちこわしにして、ちぐはぐな感じにしてしまっているのは徳太郎夫妻の責任らしい。

応接間の中にも、正面の壁に豪華なフランス風の大きな壁掛けがかかっていたり、大理石造りのマントルピースの上に、何か由緒のありそうな陶器が並んでいたりして、たしかにすばらしいのだが、壁に絵が三枚も並んでかかっているために、ひどく悪趣味な印象を与えてしまうのだ。いずれも名画なのだろうが、そういうものを三枚も並べてかけておくなどということは、かえってぶちこわしなのだ。それも、三枚とも裸婦を描いたものなのだから、おれは徳太郎の神経を疑い始めた。

徳太郎とは、今川行彦の家で一度顔をあわせたことがあった。そのときも、妙に生気のない、どこかぼんやりと呆けているような感じを受けたのだが、この応接間から受ける印象も、何故かそれに似通っていた。うまく説明出来ないが、何か異常で、どこか一本抜けているような気がするのだ。

竜子も黙りこんでいるし、おれもそんなことを考えながら、黙ってソファに坐って煙草をふかしていると、間もなくドアを開けて徳太郎夫妻が入って来た。

挨拶をすませると、竜子はおれをこの事件での協力者だといって紹介した。

「大前田先生ですね。今川さんの所で一度お眼にかかりましたが、今日はようこそ……」

徳太郎もおれを覚えていたらしく、如才なく話しかけたが、注意してその眼を見つめていると、何か動揺の色を隠しきれないでいるような感じだった。肚の底では、おれがのこのこやって来たのを厄介なことだと思っているらしいのだ。

竜子が適当に蒙古王の調査の話をしている間に、おれはこの夫婦を仔細に観察してみた。

徳太郎はこの前と同じように、たるんだ黄色い皮膚をして、生気もなく、その眼はときどきあらぬ方角をぼんやり見つめている。

よほど道楽のかぎりをつくしたのか、それとも本当に体のどこかに故障があるのか、実際の年は四十前だというのに、年よりはずっと老けてやつれているように見える。竜子の話を聞く態度も、まるで自分には何の縁もない話のように、聞いているのかいないのかもわからないような始末だ。

妻の陽子は徳太郎とは、すべての点で正反対の印象を受けた。

竜子の話を聞くのにも、まるで喰い入るような、いかにも欲の深そうな眼をきらきら光らせて、すっかり夢中になっていたし、年齢も徳太郎とあまり変らないはずだが、感じはずっと若かった。顔からも姿態からも、年増女に独特の濃厚な魅力を発散させ、アクセントの強い派手な化粧をして、それにまた輪をかけたような派手な服装をしていて、指には品がなさすぎるぐらい大きなルビーの指輪を光らせている。全体として、かなり大づくりな感じだが、美人であることはたしかだ。二人きりでいたら、むんむんとむせかえりそうな気になるに違いない。

陽子は大変な悪女だという評判らしいが、たしかに、どこか険のある眼は、ひどく欲深かで、意地悪そうな性質をよく物語っていた。

この夫妻を並べて見ていると、その仲がうまくいっているとはどうしても考えられない。お前はお前、おれはおれ――といった感じなのだ。第一、奇妙にしなびてしまったような徳太郎では、陽子はとても満足出来ないに違いないとおれは思った。

「……そんなわけで、黒魔王などという怪物がからんで来たために、蒙古王のダイヤを探し出すのも大変困難になってきたのです」

竜子が簡単に目下の状勢を説明すると、陽子は大きな溜息をついた。

「もともとはお母様がダイヤを売ろうなどといい出したのが間違っていたのですわ。あれは、本来ならば大塚家を継ぐわたくしたちの手に入るべきものなのです。それが、あんなことになったために、近藤君雄に盗まれて――ええ、もちろん、最初は君雄が盗んだのに間違いありませんわ。あの人はいつもわたくしたちをだまして高い宝石を安く買い取ったり、安物を高く売りつけたりしていたのですから、泥棒だって朝飯前だったに違いありませんわ。その上に、黒魔王などという人殺しまで横から飛び出して来るなんて――本当に何て運が悪いんでございましょう。先生がたが何とかして、あの宝石を取り返して下されば――と、それぱかりが頼みなのでございますの」

黒魔王のために何人もの人間が命を失った――などということには、この女は何の反応を見せず、ただダイヤのことばかり泣言を並べたてていた。

「失礼ですが、蒙古王が盗まれたのはたしかなのでしょうね。何かの間違いで、家のどこかに残っているという可能性は絶対にないのですか」

おれはずばりと切りこんだが、陽子は大げさに驚きの表情を浮べて、

「とんでもございません。盗難があってから、家の中は何度も何度も徹底的に調べてみたのでございますもの……それは、こちらの川島先生もよく御存じのはずですわ」

「なるほど……ただ、黒魔王がこれだけ人殺しを何度もやりながら、まだ蒙古王を手に入れていないらしいところを見ると、近藤君雄が盗み出したのだということは、かなり疑問に思えるのですよ。今までに黒魔王が殺したのは、みんな近藤君雄につながっている人々ばかりですからね。万一、そのダイヤがこの家のどこかにあれば、黒魔王も今度は狙いをかえて来るに違いないと僕は思うのですがね」

おれはそういって、二人の顔をじっと注視した。

「それでは、先生は今度はわたしたちが殺される番だとおっしゃるのですか？」

陽子はヒステリックな叫び声をあげた。

「そういうことが起らなければよいがと心配しているのです」

おれは冷たくいってのけた。こういう相手から知りたいだけの情報を得ようとするのには、少しばかりおどかしておいた方がよいし、第一おれは嘘をいっているのでも何でもない。

しばらくの間沈黙が流れ、古めかしい装飾のついた柱時計の音だけがいやにはっきりと耳を打った。

徳太郎は急に不安にかられたらしく、おびえたようにおれを見つめていたし、陽子は青ざめた顔になって、大きく身ぶるいしていた。

「もちろん、われわれとしては、そういう事態が起らないように全力を尽しているのですが、正直なところ、現在、われわれは黒魔王の正体を見破るだけの材料を持っていません。今日おうかがいしたのも、あなたがたから腹蔵のないお話をお聞きしたいと思ったからなのです。質問に答えて下さいますね」

　おれがそういい出すと、二人は黙ってうなずいたが、一瞬、何か警戒するような表情が徳太郎の顔をかすめて過ぎた。

「それではおうかがいしますが、御家族以外の方で、蒙古王のことをよく知っていたのはどういう人たちでしたか？」

　おれが最初の質問の矢を放つと、竜子がちらりとおれを横眼で睨んだ。そろそろこっちが出しゃばりだしたので、大いに不満らしいのだ。しかし、一旦大塚家に乗りこんでしまえば、もうこっちのものだ。

　徳太郎はしばらく考えていたが、

「そうですね、その点は何ともお答え出来かねるのですよ。私どもとしては、あの宝石のことは秘密にしていたのですが、近藤君雄なり彼の知合なりが他人にしゃべったことがあったかもしれませんし、しゃべらなくても、あれだけ有名な宝石のことですから、よく知っている人間がいても不思議はないでしょうからね」

「とにかく、あなたがたお二人は、蒙古王のことについて他人に話した覚えはないのですね？」

　おれはだめを押したが、徳太郎も陽子も黙ってうなずいただけだった。

「そうすると、蒙古王を狙っている人間の心あたりもないわけですのね？」

竜子がかすかな溜息とともにいうと、陽子がまるでたたきつけるような調子で、

「いいえ、それならば問題が違いますわ。他人はともかく、この家の中でも蒙古王をほしがっている者はいたのですものね」

と、燃えるような眼を光らせていい出した。

「陽子、お前は……」

徳太郎があわてて何かぶつくさと抗議しかけたが、陽子はヒステリックな早口になって、

「あなたは黙っていらっしゃいな。いくらあなたの弟夫婦だといっても、あの二人にはわたしもこれ以上おとなしくしているわけにはいきませんわ。何かといえば、わたしたちの財産を横取りしようとするし、その上意地の悪い真似ばかりするじゃありませんか。あの二人は大変な腹黒で、何をたくらむか知れたものじゃありませんわ。とくに、あの君代という人はとんでもない悪女で、見かけはおとなしそうですが、陰険で、欲ばりで、恐ろしい女なのです。ひょっとすると、蒙古王も案外あの二人の手に……」

「陽子、やめなさい！」

徳太郎が青い顔をして叫んだ。陽子も少しいいすぎたと思ったのか、唇をとがらせたまま不興げに黙りこんでしまった。

「別の質問ですけれど、あなた方は東洋新聞の記者で、湯浅勝司という人を御存じですか？」

竜子の第二の質問は、おれもやろうと思っていたものだった。

「湯浅勝司――と。そうそう、一度面会を求めて来たことがありますよ。うちの名画のコレクションについて聞きたいということで会ってみたのですが、どうもいろいろと妙なさぐりを入れて来るので、いいかげんにあしらって追い帰してしまいましたがね。新聞記者なんてものは、他人の私事に首を突っこんで、あることないこと書き立てて飯を食っているんですからね。下手にかかわりあいになるとたまったものではありませんよ。話の様子から考えると、どうも家のつまらぬごたごたを記事にしようとしていたらしいのですがね、そのためかどうか、近藤夫妻にはかなり近づいていたようでしたよ」

徳太郎の話したことは、われわれが今までに聞いたところとだいたい一致していた。

「蒙古王のことを知っているような様子はありませんでしたか?」

竜子が勢いこんでたずねたが、徳太郎は首をひねって、

「さあ、そんなふうには見えませんでしたが、新聞記者のことですから、どこかから嗅ぎつけていたかもしれません」

「湯浅君とは本当に一度しか顔を合せていないのですね?」

今度はおれが質問した。

「ええ……」

「それにしては、湯浅君が近藤夫妻と近づいていたらしいことまでよくおわかりになりましたね」

おれは鋭くきりこんだ。徳太郎はぎくりとしたように大きく眼を見開いて、もぞもぞと体を動

かしていたが、

「いや、間違えました。正式に顔を合せて話をしたのはたしかに一度だけですが、近藤みどりがやっていたバー『蝙蝠』で、もう一度姿を見かけたことはあるのです。そのときの様子から、そんなふうに感じただけですよ」

と、本当のことをいっているのかどうかは疑わしかったが、ともかくうまくいいぬけた。

「それでは、もう一つおたずねしますが、おたくの名画のコレクションの贋物が出まわっているという話はお聞き及びでしょうね？」

　おれは質問を変えた。

「そういうことですね。家によくやって来る画商の藤木さんからも聞きました。おかげでこちらも大変迷惑しているのです」

「とにかく、大変精巧なものだということですが、それについて、あなたの方で何か心あたりはないのですか？」

「ないこともありません……」

　徳太郎はちょっと勿体をつけた口調で、

「画商の藤木さんにも最近この話をして、たぶんそうだろう——ということになったのですがね。父がまだ生きていたころ、水谷紘二郎（みずたにげんじろう）という若い画家を世話したことがあったのです。彼は勉強のために、父の許しを得て、家にあるコレクションの一つ一つを丹念に模写したらしいのですが、自分で描いた画そのものはあまりうまくなかったのに、どういうわけか模写の腕だけは並はずれてたしかなものだったのですね。私も子供のころ、父が水谷さんをつかまえて、『君は写真屋になった方がよくはないか』と冗談をいっていたのを覚えていますよ。その後水谷さんは念願かなってフランスへ渡ったのですが、パリで病死したそうです。模写したものはどこへどう処分されたのか私たちにはわかりませんが、それがどこかから流れているのではないかと思うのです」

「なるほど……それで、あなたのお父さんの手もとには、その模写は一枚も残っていなかったのですか？」

「さあ、それもよくわからないのです。何枚か残っていたとは思いますが、父がどう処分したのか……とにかく、父の死後に調べてみたところでは一枚もなかったのです。私は父ほど画に興味はないので、くわしい事情は知りませんし、まして贋物などには全然関心がありませんから、その間の事情を調べてみようとも思いませんでした。ただ、今から考えてみると、どうもこんなことではないか――と思うのです」

「なるほど、よくわかりました」

おれは大きくうなずいて見せたが、この話が黒魔王の事件と何かの関係があるのかどうかも、このときはわからなかった。

「その水谷さんには、遺族か何かおありなのですか？」

竜子もちょっととまどったような表情を浮べながら、それでも念のために――といった調子でたずねた。

「さあ……よく知りませんが、父がいろいろ面倒を見ていたくらいで、親類縁者というものは、少くとも東京にはいなかったようです。結婚したという話も聞きませんから、遺族の心あたりはありませんが……このことも、黒魔王と何か関係があるとお考えなのですか?」

徳太郎はちらりと皮肉な眼をむけていった。

「事件を解く鍵というものは、どこにあるかわからないものですよ。全然関係もなさそうな事実の奥に真相がかくれていることも多いのです」

おれはむずかしい顔をしてそういってやったが、そのとき胸の中に何の成算があったわけでもない。それどころか、この訪問自体が事件の解決にどれほど役立つのかも、そのときは見当がつかなかったのだ。

この後、おれと竜子はいろいろな角度から質問を試みたり、世間話にかこつけて、徳太郎と陽子から何かの情報を引き出そうと努めたが、結局は無駄だった。

ただ、この訪問ももう打切りというときになって、ちょっと面白い場面がもち上った。

何故か、徳太郎が明らかにいらいらし始め、悪感でもするように手を細かくぶるぶるとふるわせ始めたので、それを見た竜子が何気なく、

「お顔の色があまりよろしくございませんが、風邪でもひかれたのですか? また、インフルエンザがはやっているようですが……」

といい出すと、陽子が横合いから口をはさんで、

「主人はまともな薬は飲まないし、医者にかかるのも大きらいで、いつもわたしは苦労するんですの」

と、横眼でじろりと徳太郎の方を見ながら、意味ありげに口走ったのだ。

「というと、何か特別な健康法にでも凝っておられるのですか? それとも新興宗教にでも……」

おれがわざと間の抜けたような質問をすると、陽子は冷たい笑いを浮べて答えた。

「さあ、あれが健康法だとは思えませんですけどねえ……」

だがそのとき、徳太郎は血相を変えて立ち上ると、陽子の頬に激しい平手打ちを喰わせたのだ。

「あなた、何をするんです!」

陽子は憎悪に燃えた眼で徳太郎を睨みつけたが、さすがに手出しはしなかった。

徳太郎も一瞬のうちに自制をとりもどしたのか、われわれの方にばつの悪そうな顔をむけた。

「どうもお恥しいところをお眼にかけてしまって、申訳けありません。どうも家内は口が軽くて、人前でつまらぬことばかりいい出すので、ついかっとなってしまいましてね」

何かある――と、おれはそのとき直感したが、すっかり気まずくなってしまったこの場に、これ以上ねばっているわけにはいかなかった。たとえねばったとしても、これ以上二人の口を開かせることは出来そうもなかった。

おれと竜子は顔を見合わせて、それから早々に挨拶をのべて、この家を辞去した。

門を出たところで、竜子が待ちかねたように小声でおれにたずねた。

「あの二人をどう思って?」

「あんまり仲が良さそうじゃないね」

「感想はたったそれだけ?」

おれは黙ってにやりと笑っただけで、それには答えなかった。

「さあ、お次は福二郎夫妻の訪問といこうぜ」


福二郎夫妻は徳太郎夫妻の住んでいる家の裏手に、新しい家を建てて住んでいた。もともとは同じ屋敷の敷地だったのを、徳右衛門の死後遺産争いで、家庭裁判所へ持ち出したあげく、二人の兄弟が二分したのである。

こちらの家は現代的な建築で、凝ったところなどは一つもなく、さっきの建物とは好対照だった。

案内された応接間も家具調度の類はさすがに贅沢なものが多かったが、それでもすべてが実用的で、ごてごてした装飾品などはほとんどなかった。居心地のよさの点からいえば、こちらの方が気楽で、よほど上だった。

住んでいる人間も対照的で、徳太郎と福二郎は眼鼻だちが似ているだけで、体つきも気質もがらりと違っていた。

痩せて顔色も悪い徳太郎に対して、福二郎は血色もよく、脂ぎった顔をしているし、体格もがっしりしていた。

派手な柄ものの背広を着て、髪の毛をてかてか光らせて、おまけに爪にはマニキュアをしている。きざで、どうも胸糞の悪くなるような男だった。

竜子が捜査の状況を話している間、彼は無遠慮に、まるでなめまわすように竜子の体の上に視線を走らせていた。これがほかの場合ならば、おれは相手をぶんなぐっていたかもしれない……。

福二郎が大変なドンファンだという噂は以前から聞いていたが、実物を眼の前にしてみると、この男は末端の欲望だけで固まっているのではないかとさえ思われるほどだった。

もっとも、竜子の話を聞く態度の端々に、やはり欲の深かそうな性質がのぞいていて、蒙古王を手に入れるためにはどんなことでもしかねないような印象も受けた。

妻の君代の方は、なかなかのしっかり者らしく、態度も言葉つきも如才がなく、いかにも奥様然とした女だった。陽子のように濃厚な色香を発散させているわけではないが、一種独特の陰のある妖しげな魅力を持っている。

ただ、浮気者の夫を持ってよほど苦労でもしたのか、瞼のふちにいくらかやつれが見え、眼にはどことなく険がある。顔も表情の動きが少なく、能面でもかぶっているように、心の動きを表に出さない。腹の底で何を考えているのか、ちょっとつかめないようなタイプの女なのだ。

われわれの話は初めのうちしごく淡々と進んだ。徳太郎夫妻にしたのと同じような質問をくりかえしてみたが、眼新しい情報をつかむことは出来なかった。

ただ興味深かったのは、この夫婦は逆に徳太郎夫妻を疑っているらしいことだった。

君代は利口な女らしく、陽子のように露骨ないい方はしなかったが、それは話の調子からはっきり感じられたのだ。

陽子の話が出ると、君代はとたんに冷やかな口調になって、あの悪女なら何をするかわかったものではない——というふうに臭わせてくるのだった。

「デザイナーの脇村さんの弟子の裕子さんという娘を御存じですね？」

おれは質問を変えて、福二郎にたずねた。

「お宅にはよく出入りしていたのですか？」

「ええ、脇村さんとは親しくしていますからね。あの娘はよくついて来ました。おとなしそうな娘でしたが、何故また黒魔王などに狙われたのでしょうな」

福二郎は葉巻をひねくりまわしながら答えた。

「さあ、それはこちらも目下研究中ですが、そうすると、裕子さんはこの家の事情にはかなりくわしかったわけですね？」

「まあ、そうですわね」

君代が福二郎にかわって答えた。

「あの娘の恋人が、例の新聞記者の湯浅勝司だったということは御存じでしたか？」

「いや……恋人があったんですか？　なるほど、道理で……」

福二郎はあわてたように口をつぐんだ。君代が冷たい眼で福二郎を見つめていた。脇村デザイナーの観察はどうやら当っていたらしい。そして、利口な君代もそれをちゃんと見抜いていたのだろう。

「ところで、裕子さんは本当は今川さんの娘さんだったのだそうでございますね」

君代がふいと思い出したようにいい出した。

「奥さんも今川さんを御存じだったのですか?」

「ええ……義兄から紹介されたことがありますので……」

「ああ、そうですか。徳太郎さんと今川さんとはどういう御関係なのですか?」

おれは今川行彦の家で見た徳太郎の妙にへり下ったような態度を思い浮べて、たずねてみた。

「さあ……よくは知りませんがね、何でも二人で新しい事業を起そうとかいうことで相談しているようですよ。兄貴もあれで、なかなかどうして、いろいろと色気がありますからなあ」

福二郎が答えた。

「今川さんが、お嬢さんを探していらっしゃるということは聞いておりましたけれど、それがまさか家へよく来たあの裕子さんだとはねえ……本当に燈台もと暗しでございますわ。先生がたはよくおわかりになりましたわねえ」

君代がいい出したが、どうもこの話は鬼門だ。何しろ怪我の功名みたいなものなのだから、ほめられると皮肉をいわれているような気がして仕方がない。おれと竜子は顔を見合わせて、ちらりと苦笑を浮べあった。

それがきっかけとなって、今度はわれわれが逆に質問される破目になった。

福二郎も君代も、われわれの捜査について熱心に知りたがった。しかも、自分たちも黒魔王に狙われる危険性があるというのに、まるで興味深かい犯罪実話物語でも聞くような調子だった。恐ろしそうな表情や、不安そうな態度を示しはしたが、どうも心の底から出たものかどうかは、おれには疑わしかったのだ。

「それで、記者の湯浅さんの行方はまだおわかりにならないのですか？」

君代は考え深かそうにたずねた。

「ええ……」

「先生がたは、湯浅さんがどうなったとお考えですの？」

「やはり黒魔王に誘拐されたか、そうでなければ……」

竜子が困惑したようにいい出したのを、君代は軽くさえぎった。

「先生、おかくしになることはございませんでしょう？　湯浅さんのことや裕子さんのことをいろいろおたずねになったからには、もっとほかのことを考えていらっしゃるに違いございませんわ」

話が意外な方向に展開していったので、おれは思わず身をのり出した。

「ほう、奥さんはどう思われるのです？」

「わたくし、最近探偵小説が好きになったのですけれど、そのためなんでしょうか……ものごとを少しひねって考えるくせがついたらしいんでございますのね……先生がたの前でお話するのはお恥しゅうございますけれど……でも、先生方もきっとそうお考えなのではないかと……わたくしは湯浅さんが……そう考えなければ、なぜ黒魔王が裕子さんを殺さなかったのか説明出来ないと思うのですが……」

竜子ははっとしたように君代を見つめた。

「奥さん、あなたは鋭い推理力をお持ちですね」

おれも掛け値なしに、君代の利口さにはすっかり驚いてしまった。

「なんだと、あの記者が黒魔王だというのか！」

福二郎は血のめぐりが少し悪いのか、しばらくしてから、びっくりしたように叫んでいた。

「もちろん、まだ断定は出来ませんでしょうけれど……」

君代は能なし亭主の方をちらりと見つめながら、静かに答えた。

君代がいったことは、おれが考えていた疑惑の一つとたしかに一致していたのだ。もしこの女を敵にまわしたら、女でも恐ろしい相手になるだろう——と、おれはその時ちらりと思った。

第九章

とかくこの世はままならぬ——という文句があるが、まったくその通りだ。

大塚家を訪問した翌日、おれは思いがけない出来事のために、貴重な時間を潰さなければならなかった。もっとも、後から考えると、それがかえって幸運になったのだが……

それはともかく、その出来事というのはおれの友人の一人が心臓麻痺を起して、その日の午後、急死してしまったことだ。その友人とは中学時代から親しくしていた仲だったので、おれも放っておくわけにもいかず、お通夜に出かけて行った。

よりによって、この忙しいときに死ななくてもよさそうなものだと思ったが、そんなことをいっても、これればかりはどうにも仕方がない。

おまけに、この友人の家というのが、桜上水の近くというえらく辺鄙なところで、都心から出かけて行くのには、ひどく時間を食うのだ。おれはその夜、何か奇怪な事件でも起らねばよいが——と念じながら、甲州街道に車を飛ばして、お通夜に出かけて行った。

出来ることなら一晩中通夜をしてやりたいと思ったが、忙しい体だし、何か起りそうな妙な不安にかられもしたので、おれは十時過ぎにその家を出た。

このあたりは、以前作家の太宰治が投身自殺した場所からいくらも離れていないというくらいで、夜になると人通りもほとんどなく、まして車を拾うことなどは思いもよらないから、おれも暗い道をてくてく歩いて京王線の桜上水駅の方へむかった。

上水路のわきの道はもの淋しいし、お通夜になど行った後なものだから、おれも珍らしくしんみりした気持になっていた。

だが、そういう感傷的な気分は、すぐに破られた。水路の両側に家がとだえ、畑だけが広がっているところまで来たおれは、数十メートル先に動いている二つの黒い人影を見つけて、はっと足を止めた。

二つの人影は激しく争っている様子だったが、一発の銃声が夜空に鋭く反響して、一方は水音を立てて上水の中へ落ちこんで行った。

こういう風に書くと長くなるが、それは一瞬の出来事だった。暗いので、まるで影絵のように動きだけしかわからなかったが、それでも事態はあまりにも明白だった。おれは殺人の現場を偶然目撃したのだ。

「おいっ、待てっ！」

とっさにおれは大声をあげて走り出した。相手はピストルを持っているらしいので、危険だとは思ったが、おれの気性として殺人の現行犯を放っておく気にはなれなかった。

相手はぎくりとしたように、こちらをむいている様子だったが、その右腕が上って、また銃声があたりの空気をふるわせて響いた。

すばやく身を伏せたおれの頭上を、弾丸が空を切って飛び去った。

しかし、その間に相手は逃げ足も早く、川岸の路をかけ下りて畑の中へ走りこみ、そのむこうの雑木林の中へとびこんでしまった。

「人殺し、待て！」

おれは大声で叫んだが、このあたりでは誰かがそれを聞きつけて協力してくれることなど期待も出来なかった。おれの声がこだまになって反響してくるばかりで、あたりはしんと静まりかえったままだ。

犯行の現場のあたりまでかけて来て、相手はピストルを持っているだけに、この暗い不案内な土地で深追いするのも危険だ——とちょっと思案していると、雑木林のむこうの道から、車のクラクションの音が聞えて来た。犯人は車を用意していてさっさと逃げ出したのに違いない。

近くに電話でもあれば、警察に連絡して要所要所に緊急手配することも出来るが、それもこんな場所では出来ない相談だった。ここから家のあるあたりまで走っていって、電話などさがしているひまに、犯人はとっくに安全な場所へ逃れているに違いない。

おれは犯人を追うのを断念して、水の中をのぞきこんだ。撃たれて落ちこんだのは女らしい。もう助かる見込はないだろうと思ったが、百に一つの見込でも、あるとなったらおれは黙って見てはいられない性分だ。

寒い晩だったが、おれはオーバーから上着、シャツまでぬいで、下帯一本の素っ裸になった。さすがのおれも、歯の根ががちがち鳴ったが、元気を出して冷たい水の中にとびこんだ。妙に俠気があるのは、たぶん先祖の大前田英五郎ゆずりなのだろう。

とにかく、おれは夢中で女に泳ぎつき、その体をひきずるようにして岸へ泳ぎついた。体中が凍りついてしまったようで、感覚がなくなってきた。手早く体中をふいてオーバーをひっかけると、おれは近くを走りまわって枯枝を集めて来た。

同じ飛びこむにしても、誰かを呼んで来てからにしたらよかった――とも思ったが、ぐずぐずしていれば、たとえ助かるものでも氷のような水の中でこごえ死にしてしまっただろう。

ようやくたき火らしいものを作って、ほっと一息ついたおれは、女の体をたき火のそばまでかついで来た。

だが、たき火のあかりに照らし出された女の顔を見て、おれはあっとその場にとび上った。

「これは！　竜子！　竜子じゃないか！」

そのときのおれの気持といったらない。驚きとか悲痛とか、そんな言葉ではとてもいいあらわせない激しいショックだった。

竜子！　竜子！　おれが世界中にまたとないと思いつめているこの竜子が……

おれは血走った眼で、竜子のオーバーの上の弾痕を見つめた。ちょうど心臓の真上に小さな穴が開いていた。

さては、さっきの男は黒魔王だったのか！　竜子をおびき出して、たったいま射殺したところだったのか！

「野郎、畜生、この悪魔、断じて生かしちゃおかねえぞ」

おれは歯ぎしりしながら、竜子の冷たくなった顔をさすってつぶやいた。このときばかりは、おれの眼から熱い涙が一滴落ちた。

だが、傷口をさぐるつもりで、竜子のオーバーのボタンをはずして、その胸に手をやったおれは、もう一度とび上った。

竜子の心臓は動いていたのだ！　しかも、血の出ている様子すらないのだ！

あまりにも意外なこの事実に、おれはしばらくの間呆然としていた。しかし、すぐにことの真相に気がついた。

竜子の上着の胸のポケットを調べると、竜子の命を奇蹟的に救ったものがわかったのだ。

それは銀のコンパクトだった。おれがいつか彼女にプレゼントしたものだが、それが奇妙な形に歪み、鏡は滅茶苦茶に砕け、その中にピストルの弾丸が食いこんでいたのだ。

おれの贈った品物で、彼女の命が助かった――この事実に、おれは実際のところ有頂天になったが、喜んでばかりいる場合ではなかった。

たき火の勢いを強くして、人工呼吸を続けると、しばらくして竜子は眼を開いた。

「ここは……どこ……あなたは？」

「竜子、しっかりしろ！　おれは英策――大前田五代目だ」

「あっ！」

竜子はまじまじとおれの顔を見つめていたが、さっきの襲撃のことを思い出したのか、大きく身をふるわせ、

「やられたの……黒魔王にピストルで撃たれて……もう、どのぐらいたったのかしら？ それに、どうして生きているのかしら？」

おれはそれまでのことを竜子に説明してやってから、

「おれのおかげだと思って感謝しろよ。今度こそあきらめて女房になるんだな」

「まあ……」

いつもならば、こんなふうに頭ごなしのせりふを投げつけると、むきになって反撃してくる竜子だが、今度ばかりはえらく殊勝だった。おれの突きつけたコンパクトを見つめて、

「このおかげなのね……やっぱり、プレゼントというものは、誰からもらっても大事にするものね」

と、精一杯の憎まれ口をきいたぐらいのものだった。

「へらず口をきかないで、よくあったまったがいいぜ。風邪をひいて、それがもとでぽっくりいったんでは、何のたしにもならないからな。ともかく、胸のポケットに入っていたコンパクトが命を救うし、それにまた、ここを偶然おれが通りかかったからよかったが……まったく何が幸いになるかわからんものだ。死んだおれの友人の霊が、おれをこの場に導いてくれたのかもしれないな……ところで、それにしても、君はいったいぜんたい、何だってこんなことになったのだ？」

おれがそうたずねると、竜子は口惜しそうな表情になって、

「あいつのトリックにひっかかったのよ……今晩、わたしはセントラル・ホテルのロビーで今川

行彦と会う約束をしていたの。あの娘の今後のことについて、女のわたしとよく相談したいから――ということだったのよ。それで相手を待っていたら、突然、奇妙な会話が耳に入って来たの」

「ふむ……それで？」

「わたしから一二間はなれたソファで高級ブローカーらしい男が二人、小声で話しあっているんだけど、『蒙古王』という言葉がとび出してくるのよ。もちろん、わたしはすっかり緊張したわ。大前田先生の地獄耳ほどではなくても、わたしの耳もふつうの人間よりはずっとよい方だから、大体の話はつかめたの」

「それが罠だったというわけなんだね……どんなことをしゃべっていたのだ？」

「だまされた話をくわしくするのはしゃくにさわるから、簡単に話すけど、とにかく蒙古王を外人にこっそり売り渡そう――というの。もっともらしく話すものだから、わたしもすっかりだまされてしまったわ……そのうちの一人が、『みどりから聞いたのだから、間違いはない』などというんですもの……とにかくそれで、最後にそいつが『では二時間以内に品物を持って来よう。取引の場所は例の所で……』といって、二人は左右に別れたの。わたしはとっさに腹をきめたわ。この機会を逃すという手はないと思ったんですもの……」

「なるほど……少々話がうますぎると考えなおす余地はあったろうがね……まあ、おれでも危険は承知で、君と同じようなことをやったかもしれないな」

セントラル・ホテルには、外国のバイヤーたちも多勢滞在しており、正式のルートを通した商談のほかにも、ずいぶんいかがわしい取引まで行われているということだから、たしかにこういう会話がささやかれても別に不思議はない場所だったのだ。

「とにかく、わたしは今川さんあての置手紙をロビーに残して、蒙古王を持って来る――といった男の後を追ったわ。相手は玄関先の駐車場にとめてあった、五七年型のフォードを運転して走り出したわ。わたしも例のルノーですぐ後を追ったの」

「その車のナンバーは覚えているかい?」

「ええ、もちろんよ。でも、そんな簡単なことで黒魔王の正体がわかるかしら?」

「まず駄目だろうね。調べてみたら、その車は盗難にあったものだ――というぐらいがおちだろうな。でも、何かの参考になるかもしれないと思ってね……話をもとにもどそう。それからどうした?」

「結局、この近くまで来て、相手は車を止めると、この上水の土手にそって歩き出したの。こっちの追跡に気がついているような様子は全然ないから、わたしも五六間はなれて尾行を始めたんだけど、ちょうどこのあたりまで来て、ふいに横合いから男がとび出して来て、ピストルをつきつけてきたわけよ。わたしがつけていた男は黒魔王の手下だったらしいのね。そのまま、すぐにどこかへ姿を消してしまったわ。後はあなたが見た通り――ピストル式カメラでおどかしてみたけれども、ききめはなし、すっかり観念してしまったわ」

「うむ、おもちゃにだまされるような相手ではないからねえ……君を撃った奴は、はっきり黒魔王だと名乗りをあげたのかい?」

「ええ。例の妙な声で勝ち誇ったようにせせら笑いしていたわ」

竜子はよほど口惜しいらしく、顔をしかめていった。

「まあ、過ぎたことはとやかくいっても始まらない。いまから黒魔王を追っかけても間にあわないし……今夜は君の命が助かったのが最大の収穫だと思わなければ……ところで……」

おれはうまいことを考えついて、思わずにやりと笑った。

「どうだい、君も今度こそこりたろう。これをきっかけに、足を洗って女らしく、平和な家庭生活に入ったらどうだ？」

「とんでもないわ……こんな目にあっても生きていられたんで、いよいよ自信がついたわ。神様がまだわたしを見捨てていないということがほんとうに自覚出来たの」

竜子はまだ負け惜しみのようなことをいっていたが、口ほど強気にも見えなかった。

「どうも呆れた姐御だね……しかし、これ以上むちゃをやられては、こっちがたまったものじゃないよ。今夜のことを思い出すだけでも、寿命が三年ぐらい縮まりそうなんだからね……そこでどうだね、ここしばらくの間、君はやはり死んだことにしておいてくれないか。東洋新聞にでも頼んで、大きく記事を出してもらうのだ。今度は逆に、こっちで敵をだましてやろうじゃないか」

おれの本当の狙いは、これ以上竜子の身に危険がふりかからないようにすることにあったが、それをはっきりそういってしまうと、竜子はきっと反対するに違いなかった。だから、黒魔王に対する作戦にことよせて、この計画を持ちかけたわけだ。

「なるほど、それは面白そうね……わたしは死んだことにしておいて、その実は変装して飛んで歩けばいいのね。それで、今夜の仇討ちを狙えばいいわけね」

竜子は早のみこみしてしまった。やっぱりおとなしくしていそうにもない。しかし、死んだことにしておいた方が、やはり危険性は少ないだろうから、この計画は実行する価値があった。

「でもね……」

しばらくして、竜子は首をひねりながら、

「死んだことにするのは、少々まずいわねね。お葬式も出さなくてはならないし……厄介なことになるわよ」

「それでは、重傷を負って入院中——ということにしようか? 肋骨のどこかに奇跡的に弾丸が止って——これならさしさわりもないだろう。警視庁の方には僕から話をつけるし、病院の方も、知りあいの院長によく頼んで、誰か代人を入れておいて、面会禁止ということにするんだ」

「なるほど、それならば簡単ね。いいわ、賛成よ。今度こそ、黒魔王の裏をかいてやるわ」

「それは結構だがね、これで君も、黒魔王という怪物の恐ろしさが骨身にこたえただろう。これからは、一人勝手にむちゃをするのはやめてくれたまえ。強敵にむかうためには、こっちが一致団結して協力しなければ、各個撃破されるばかりだよ。今度の事件がかたづくまでは、これまでのように意地をはりあうのはよしにして、何でも相談ずくで協力しあっていくことにしようじゃないか」

「そうね……わかったわ。オーケーよ……ハックション!」

竜子は寒さが急に身にしみてきたらしく、とたんに大きなくしゃみをした。

その晩、このトリックを実行に移すために夜ふけまで飛びまわったおれは、くたくたになって家へ帰って来ると、そのままねむってしまった。

翌朝眼をさましてすぐ、東洋新聞を拡げてみると、

女探偵川島竜子が、黒魔王と思われる怪人に襲われて瀕死の重傷を負い、桜上水に撃ち落されたが、通りがかりの者が発見し、すぐに救い上げて近くの病院へ収容した。しかし、生命は危険視されている。

という意味の記事が、おれの注文通り、でかでかと出ていた。

おれは満足して、煙草に火をつけると、ゆっくりと朝の一服を楽しんでいたが、それはたちまち、けたたましい電話のベルで破られてしまった。

「もしもし、大前田さんだね……」

受話器を取り上げると、黒崎警部の興奮した声が耳に飛びこんで来た。

「黒崎警部だね、何かあったのかい？」

「何かあった――どころのさわぎじゃないよ。また、黒魔王にやられたんだ！」

「ああ、川島竜子のことか。それなら、いま君に話しに行こうと思っていたところだが……昨夜、警視庁の方にも連絡しておいたのだが、君はまだ聞いていなかったのかい？」

「違う！　そっちの方のからくりは聞いたよ。そうじゃないんだ、大塚徳太郎が殺られたんだ

よ」

「何だって！」

おれは驚いて、思わず受話器をにぎりしめた。

「いつだ？　場所はどこで？」

「発見したのはつい先ほどのことなんだが、新宿の西口に乗り捨ててあった車の荷物入れの中に押しこめられて……ともかく、すぐ警視庁まで来ないか？」

「よしっ、すぐ行くよ」

おれは急いで身仕度をととのえると、すぐに家を出た。

またまた黒魔王は大胆不敵な犯行をやってのけたのだ。一夜のうちに二人を襲って、どこかでわれわれを嘲笑しているに違いない。おれは腹の底からこみ上げて来る怒りをおさえることが出来なかった。


問題の車は警視庁まで運ばれていた。五七年型のフォード……

黒崎警部と話をしているのは、黒眼鏡をかけたゲイボーイじみた妙な男だが、その声はたしかに竜子のものだった。変装をしているのに違いないが、こうして、もう早速とびまわっているのには、おれも少々呆れた。

「たしかに、この車です」

おれは二人のそばに近づいて行って、竜子の肩をぽんとたたいた。

「あんまりうまい変装じゃないねえ」

「あなたは事情を知っているから、わかったのよ。これがほかの場所なら、声色も変えるし、大丈夫見破られっこないわ」

　竜子は苦笑しながら、小声でいった。

「警部どの、発見の模様は？」

　おれは黒崎警部にたずねた。

「うん、こういうわけなんだ。この車は昨夜十二時前後からずっと、西口の小路に置きっぱなしになっていたらしいんだがね。まあ、それは特別奇妙なことともいえないから、誰も気をつけていなかったのだが、今朝になって、パトロールの警官が車のナンバープレートが二重になっているらしいことに気がついたのだ。それで不審を起こして、よく調べてみると、はたして、巧妙な贋物のナンバープレートが上にかぶせてあって、その下からは昨夜竜子姐御が報告した車のナンバーが出て来たというわけだ。そして、とどのつまりは、荷物入れの中から徳太郎の死体が転がり出てきたというわけさ」

　黒崎警部も、黒魔王の傍若無人な振舞いにはよほど腹が立っているらしく、苦虫を嚙みつぶしたような顔をして答えた。

「それで、車の持主は？　どうせ盗難届か何かが出ていただろうが……」

「お察しの通りだよ。車は稲村（いなむら）という、ある商事会社の社長のものとわかったがね。三日前に盗難にあったばかりなのだ。もちろん稲村氏の狂言でないことは、そのときの事情から考えて、まずたしかなんだ。黒魔王の奴が盗んだにきまっているよ」

「うむ……それで、徳太郎の死因は？」

「絞殺だ。医者の推定では、昨夜の十時から十二時までの間だということだが、それは君たちの話や、パトロール警官の証言にも一致するのだ。あいつは、竜子姐御を襲ったその足で、すぐまた徳太郎を殺したんだね。宮本武蔵(みやもとむさし)の二刀流みたいに一晩に二人かたづけるのがあいつのお得意らしいが……」

「それに違いないね。用心のためにナンバーをすりかえて、悠々と新宿へ車を乗り入れたのだろうな……まったく、ひどい野郎だ」

「うん、しかしね、大前田さん、黒魔王も今度は少し図にのりすぎたようだよ。とんでもない手がかりを残して行ってくれたからね」

黒崎警部はほっと一息つくと、満足そうにポケットから一冊の手帳を取り出した。

「これが、車の運転台の隅に落ちていたんだがね」

おれと竜子が熱心に見守る中で、黒崎警部は、ちょっと勿体ぶって手帳の表紙の裏を拡げて見せた。

「あっ、これは！」

竜子が小さな叫び声を上げた。

それは東洋新聞の記者手帳だった。そして、その所有者の欄には、湯浅勝司の名が黒々としるされていたのだ。

「これで、後は彼の居所を探せばいいだけじゃないかね」

黒崎警部は会心の微笑をもらしたが、おれはそのとき逆に、湯浅勝司を疑う気持がふっと消えて行くのを意識した。

「そうだろうか？　あれほどの悪党がそんなつまらないミスをするなんてことがあるだろうか？」

「どんな大悪党でも、思わぬ失敗をすることがあるものさ。車の運転中に、うっかりポケットから手帳を落すことはよくあるからね」

黒崎警部は自信たっぷりにいいきった。

「これで裕子を殺さなかった理由も説明がつくわけだ。あの娘を誘拐したのは、ただのお芝居さ。ひょっとしたら、娘の方もぐるなのかもしれないよ」

黒崎警部も大塚君代と同じようなことを考えているらしかった。

「うむ……」

おれは首をひねった。この説明はたしかにいろいろな疑問をすべて解いてくれるものだった。湯浅勝司が大塚家のお家騒動に探りを入れているうちに蒙古王のことをかぎつけ、欲に眼がくらんで、気違いじみた殺人をやり始めたということは、たしかにあり得ないことではない。黒魔王が暗躍し始めたのが湯浅勝司が行方不明になるのと、時期的にほぼ一致しているのも、その説明を裏づけている。おまけに彼は、近藤夫妻にもかなり近づいていたらしい……

しかし、何故か、おれはこの説明に満足出来なかった。おれの心の底では、おれの第六感が

「違う！」と叫びつづけていたのだ。

「ところでね、もう一つ、面白い事実が判明したよ。まあ、この事件にはあまり関係はないようだし、本人は仏になってしまったのだから、いまさらどうでもいいようなものだがね」

黒崎警部は思い出したように、

「警察医の診断では、徳太郎は麻薬の中毒患者だということだよ。親から莫大な財産を受けついで、それを守っていればよいというような人間は、暇と体を持てあまして、往々そんなことになるものだがね。ヘロインを常用していたようだ」

「なるほど、やっぱりそんなところだったのか」

おれは徳太郎と陽子のやりとりや、彼のたるんだような皮膚を思い浮べて、大きくうなずいた。

たしかに警部のいうように、徳太郎のような人種は、いろいろな刺戟を求めてよからぬ楽しみに耽りやすい。そして、刺戟というものはすぐ慢性になって来て、ある段階が満たされれば、また一段と強度なものを求めるようになるものだから、落ち行く先は大体きまっているのだ。

そんなことを考えていると、刑事が一人やって来て、黒崎警部に報告した。

「警部殿、いま大塚陽子が出頭して来ました」

陽子は青ざめた顔をして控室に坐っていたが、べつに悲しんでいるような様子はなかった。あのときの訪問の様子からも感じられたように、この夫婦の間には愛情などは一かけらもなかったのだろう。

黒崎警部は型通りくやみの言葉をのべると、すぐに質問を始めた。

「昨夜の御主人の行動をお話し下さい」

「夜の八時ごろ家を出て行ったきりで、何をしていたのか、わたくしは全然知りませんでしたの」

陽子はハンカチを両手でもみながら、あっさりと答えた。

「どこへ行かれたのか、全然見当もつかないのですか?」

「ええ……」

「それで、昨夜遅くなっても御主人が帰られないのに、別に御心配にはなりませんでしたか?」

「子供ではありませんもの……それに、いつものことですし……」

「いつもというと……失礼ですが、ほかに女でも?」

「さあ、知りませんわ」

陽子は澄まして答えた。

「いつも家を空けていて、気にはならないのですか?　どこへ行っているのか、調べてみたことはないのですか?」

「気にしたってどうにもなりませんわ。わたしどもでは、おたがいに相手の行動に対しては、一切干渉しないことにしています。あの人が何をしようが、わたしの知ったことではございません」

黒崎警部もいささか呆れ顔で陽子を見つめていたが、今度は鋭い口調で、

「御主人がヘロインをうっておられたことは御承知でしたか?」

「うすうす感づいてはいましたわ。ああいうことは法律にふれるのでしょうが、でもまさか、自分の夫を訴えるわけにもいきませんものね。口でやめろ――などと申しましても、どうせ無駄なことでございますから、放っておくより仕方がございませんでしたわ」

そういう言葉にも態度にも、いかにも悪女らしい感じがにじみ出ていた。

「ヘロインの入手経路とか、あるいは御主人が行っていた麻薬窟とかいうものについて、奥さんは何も御存じないのですか?」

「存じません」

黒崎警部はとりつく島がないというような顔をしたが、それでもきびしい口調で、

「奥さん、死人は罰されないのですから、おかくしになってもためにならないと思いますが……」

と、だめをおした。しかし、陽子は無表情に、

「でも、知らないものは知りませんもの」

とあっさり答えるばかりだった。

警部は徳太郎の日常の行動を追及するのを断念して、湯浅勝司との関係をたずねたが、これは先日われわれがすでに聞いたこと以上には何も得るところはなかった。

三十分ばかり、いろいろな角度から質問をこころみた黒崎警部は、ついにあきらめて陽子を帰した。

「どうも一筋縄ではいかない女だな」

黒崎警部は溜息をついた。

「黒魔王がどういう手で徳太郎をおびき出したのかわからないが、たぶん麻薬か何かのことで徳太郎に前から渡りをつけていたのじゃないかな」

おれがいい出すと、黒崎警部はうなずいて、

「うん、まずそんなところだろうね。とにかく、時間的に見て、新宿からあまり離れていないところで殺して、車で運んだのに違いないと思うから、あのあたり一帯をしらみつぶしに調べて見れば、何か手がかりがつかめるだろう」

黒崎警部はねばり強い警視庁魂を発揮してつぶやくようにいった。

「例の手帳には、何か参考になりそうな書きこみはなかったのかい?」

警部は手帳をとり出すと、それをおれに渡し、同時に手袋を放ってよこした。

「指紋を消さないように気をつけてくれよ」

おれはうなずいて、白い手袋をはめるとぱらぱらと手帳をめくってみた。

べつにどうということもないメモが日付けといっしょにぎっしり書きこまれているだけだったが、終りの方が四五枚破られていた。メモは勝司が行方不明になる少し前で終っていた。

「何枚か破られているね」

「うん、何か都合の悪いことでも書いてあったので、万一の場合を考えて破り棄てたのかな……もっとも、手帳を破いて使うのはめずらしいことじゃないからね」

だが、おれは、その黒いレザーの手帳を手にしながら、それとは別なことを考えていたのだ……。

「銀紙の球の中にやっぱりダイヤはなかったのだろうか?」

おれはひとりごとのようにいった。

第十章

次の日、おれが警視庁へ顔を出すと、黒崎警部は何冊ものファイルを前にして、火のついていない煙草を口にくわえたまま、頭をかかえこんでいた。

「顔色から見ると、どうも捜査は難航中らしいな」

おれがライターを出してやると、警部はやっと気がついたように、煙草に火をつけて、

「うむ……徳太郎殺しの情況も、くわしいことはまだ全然わからないのだ……おまけに、犠牲者がふえるばかりなので、そろそろこっちへの風当りも強くなってきた……畜生、黒魔王のやつめ！」

黒崎警部は荒々しくファイルを閉じた。

「湯浅勝司の足どりはつかめたかい？」

「それがわかれば苦労はしないよ。ホシはまずあいつに決っている。そこまでは、昨日の手がかりでつかめたのだが……」

「大塚家の一族を尋問してみたかい？」

「もちろんだ。しかし、全然得るところなしさ。あの一族は狐と狸の集まりだね。そうでなけれ

ば、どじょうかうなぎの生れ変りだよ。何を聞いても、ぬらりくらりとしていて、さっぱり手ごたえがないんだ。ただ、徳太郎殺しのあった晩は、みんな一応アリバイがあるのでね、こっちもあまりうるさくはつっこまなかったよ。犯人の見当はついているのだからね」

「湯浅勝司が黒魔王だと決めこんでいるようだが、どんなものだろうね……」

おれは首をひねっていった。

「反対かね？　証拠はあるし、彼が犯人だとすれば、すべての事情がうまく説明出来るじゃないか」

「それはそうだがね……ただ、いままでの事件でも、黒魔王はずいぶんあちらこちらに隠れ家を持っていて、それを利用している。いままで一介の新聞記者だった湯浅勝司が、いくつもの隠れ家を用意できたとは、ちょっと考えられないんじゃないか？」

「あのぐらいの悪党ならば、表面はふつうの新聞記者のようにふるまっていても、裏では密輸か何かをやって、しこたま儲けていたかもしれないよ」

警部のいうことは、たしかにありうる話だったが、おれはやはり湯浅勝司の線ばかりを追いまわしていては、捜査は行き詰ってしまうのではないか——という気がしてならなかった。

黒崎警部は、おれのそういう気持を察したのか、

「もちろん、ほかの線も一応は当っているよ。昨日の尋問の様子から見ても、どうもあの陽子という女は少し臭いから、いま男関係などを調べさせているところだがね」

そのとき、電話のベルがけたたましくなり出して、警部は受話器を取り上げた。

「何？　何だって……そうか……」

警部の顔は、たちまちぱっと輝いた。

「よし、その線をもっとつっこんでくれ……うまくいけば、大手柄だぞ」

黒崎警部はそういって受話器をおくと、おれの方にむきなおって、

「大前田さん、すごいニュースだよ！　いまの電話は、部下の刑事からなんだが、陽子の関係している男の一人が、どうも湯浅勝司らしいのだ」

「何だって！」

「陽子がよく出入りしていた新宿近くの東亜ホテル——まあ、高級な温泉マークだがね、そこをつきとめたんだが、陽子のお相手の男は、女中の話だと、湯浅勝司によく似ていたというんだ。これで、いよいよ事情ははっきりしてきたじゃないか」

警部の声ははずんでいた。

「その刑事は湯浅勝司の写真を見せて、女中に聞いてみたのだね？」

「もちろんだよ。なぜ、そんなことを聞くのだい？」

「いや……」

おれは、せっかく喜んでいる黒崎警部にけちをつけたくはなかったので、そのまま黙りこんだが、この話をすなおに喜ぶ気にはなれなかった。警官が一枚の写真をつき出して、『こんな男ではなかったか』といえば、よほど自信がないかぎり、たいていは『どうも似ているような気がする』と答えるものだからだ。まして、高級つれこみ宿では、女中はお客をじろじろ観察しないの

がエチケットとされている——といわれるぐらいだから、その女中の証言も、はなはだあやしいものなのだ。だが、それはともかく、おれも、陽子の男関係には探りをいれたいと思っていたところだったから、このニュースにはたしかに興味をそそられた。

「陽子と、その——湯浅らしい男とが、東亜ホテルへ最後にあらわれたのは、いつごろなのだ?」

「四五日前のことだそうだ。その女中が記憶しているところでは、もう五ケ月以上もつづいている関係らしいが、まあ、そんなことはどうでもいい。とにかく、その男をつかまえてやる!」

警部は勢いこんでいった。

「その男が湯浅であるにせよ、そうでないにせよ、とにかくつかまえてみる必要はあるようだな」

おれは、煙草を一本つまんで、掌にとんとんとたたきつけながら、ゆっくりと答えた。実は、あんまり気乗りがしなかったのだ。しかし、黒崎警部はまるで調書の文句を口述するような調子で、

「湯浅勝司は大塚陽子と道ならぬ関係におち入り、彼女を通じて蒙古王の話を知った。湯浅は自分が黒魔王という怪人に脅かされているようにふるまい、その実は姿をくらまして黒魔王として、次々と殺人を犯した。蒙古王を手に入れるためだが、これは陽子と湯浅の共謀であろうと思われる。湯浅は近藤夫妻に近づいているが、それも宝石の行方をさぐるためだったに違いない。一方、彼は小宮裕子と恋人同士としてふるまっていたので、彼女を誘拐すれば、よもや自分に嫌疑がか

かることはあるまいと考え、それを実行したが、さすがに殺すにはしのびなかった。徳太郎を殺したのも、陽子と湯浅の共謀と考えれば、邪魔者を除きたいという動機がからんでいたに違いないから、その理由は一層はっきりするのである――以上が黒魔王事件のアウトラインだ。どうだね？」

「たいへんに大ざっぱだが、一応の理窟は通っているな……ただ、問題のダイヤはいったいどこにあるのだろう？」

黒崎警部はおれの言葉にはっとしたようだった。

「そうだな、人殺しの方ばかり気になって、肝心のことを忘れていた……やっぱり、あの銀紙の球の中に入っていたんじゃないかな。今度の徳太郎殺しは、いまの説明で行けば、ダイヤとは無関係に起り得るのだ。いや、ダイヤを手に入れたからこそ、最後に邪魔者を殺してしまったのだ――と考えられるんじゃないかね」

「うむ……」

おれは腕組みして考えこんだ。湯浅勝司が黒魔王だという警部の考え方が、どうもしっくりこないのだから、その前提に立ったこの説明にとびつけないのは当然だ。

「警部殿、近藤夫妻のアパートは、まだそのままになっているのかい？」

しばらくして、おれはきり出した。

「うん、そのままになっているはずだ。何故だね？」

「あそこをもう一度調べてみないか。僕は、どうしても、まだ黒魔王はダイヤを手に入れていないような気がするのだよ」

　黒崎警部は首をひねって、

「しかし、あそこは黒魔王自身もひっかきまわして、結局は見つけなかったようだし、警視庁も十分に調べたのだよ。見落しがあったとは思えないな」

「だけど、もう一度調べてみたって、損にはならないだろう。黒魔王も、君たちも、かくしてあるということにこだわりすぎて、顕微鏡的な探し方をしすぎたのじゃないかな。木を見て林を見ないという諺もあるが、専門家の欠点というのは、そこらあたりにあるんじゃないか」

　おれはねばった。

「さあ、あのときは僕はまだこの事件の担当ではなかったから、断言はできないが、見落しはないと思うがね……まあ、あんたがそんなにいうのなら、行ってみてもいいが……しかし、それでは、あの銀紙の球はただの小細工で、カモフラージュだというのかい？」

「まずそうだろうね。銀紙の球なんて、いかにもわざとらしいじゃないか」

「だが、そんな小細工をするぐらいなら、危険は承知していたのだろうから、もうとっくに自分の手もとから、手ばなしてしまっていたんじゃないかな」

「そうは考えられないね。黒魔王があれだけやっきになって近藤夫妻につながる人物を追っかけて殺しまわったのは、他人の手にダイヤが渡っていないという確信があったからに違いないよ。それに、小細工をしたということは、かえって現品がまだ自分の手元にあったという事実を暗示しているのだと思うね」

「なるほどね……まあ、とにかく行くだけ行ってみよう。すぐ行くかね?」

黒崎警部も、いくらか気になってきたらしく、腰を浮かせていい出した。

「すぐ行こう」

おれは立ち上った。


一時間後、おれたちは東光アパートの無人になった近藤夫妻の部屋の中を、あちらこちらとぐるぐる歩きまわっていた。

「とにかく、物をかくすのに一番巧妙な方法は、誰もすぐ眼をつけて、それで気にもとめないような所にかくすことだ。ことに、もしも今度の殺人事件が起らなくっても、ダイヤの盗難が公けになれば、近藤夫妻にも一応嫌疑がかかって、当然家宅捜査はされるものと覚悟しておかなければならなかっただろうからね。そうだろう?」

「お説はたしかにごもっともだが、それよりも、早くダイヤを嗅ぎ出してくれよ」

黒崎警部は念入りに箪笥の中を調べながらいった。

「犬じゃあるまいし……僕は、心の中のレーダーに、何か不自然なものの姿がうつって来るまで待っているのさ」

おれは部屋の中をぐるぐる歩きまわりながらそういった。黒崎警部はやれやれというような顔をして、あきらめたように探す手を休めると、部屋の真中にどかりと坐って、ぷかぷかと煙草をふかし始めた。

「たとえば、写真機の中に入れて、フィルムを入れて開けさせないようにする手もある。しかし、カメラそのものが金目だから、これではすぐに人眼につくし、泥棒に盗まれる危険性もある。洋酒の瓶の上げ底の中にかくしておくというのも探偵小説にはよくある手だが、顕微鏡的検査をしたというぐらいだから、そんなところはとっくに調べたろう。箪笥の引出しの裏側——だめだ。現にいま君が調べていた……碁石の入った碁笥の中——それも危い。僕だったら、そんな場所にはかくさない」

おれは自分というものを完全に滅却して、相手の気持になりきろうとつとめた。

「花瓶の中、掛軸の軸、人形の中——そんなところなら、警察官が克明に調べたら見つかってしまう。おれなら、おれだったら……」

そのとき、おれの眼の中に、いや心の中のレーダーに、四畳半の部屋においてある書物机がとびこんできた。その上に埃まみれになった糊の鑵があったのだ。

おれはそのそばへとんで行った。警部もはっとしたように立ち上った。

おれは、乾いてかなり固くなっている糊の中へ指をおしこんだ。指先に固いものがふれたとき、おれは思わず会心の微笑を洩らした。

「これだ!」

おれは勢いよくそれをひっぱり出した。かさかさになった糊が少しこびりついているが、それは正しく大粒のダイヤだった。おれの指先できらきらと七彩の光りを放っていた。大きさから考えても、これが時価何億円かわからないという蒙古王に間違いはない。

「大前田さん！」

黒崎警部はすっかり興奮して、おれの手を力まかせににぎりしめた。

「ありがとう。お礼をいうよ。まさかと思ったがねえ……定価わずかに二十円也の糊の鑵の中にあったとは……」

「まあ、これでようやく、僕も黒魔王から一点取ったよ……ところで警部、この宝石について頼みがあるんだ」

おれの頭の中には、これに乗じて、黒魔王に対して打つ次の手がすぐに浮び上っていた。

「まさか、二人で猫ばばをしようという相談じゃあるまいな」

驚きと興奮からようやくさめかけた黒崎警部は急に陽気になって、おどけた調子でいった。

「よせよ、心配しなくても、この宝石は君に渡す。警視庁の責任において、どこかの貸金庫にでも保管しておいてほしい。ただ、このことの公表はしないで、事件が解決するまで伏せておいてほしいのだ。そして僕が持っているという偽の情報をこっそり流すんだ。大塚家の方にも、黒魔王がつかまるまで、責任をもって僕が預る――といっておく。そうすれば、黒魔王のやつは大塚家にもくわしいようだし、この偽の情報にひっかかって、僕を狙ってくるに違いない。警察が相手なら、むこうも手が出せないだろうが、一介の私立探偵の僕になら、かならず襲撃をしかけてくるに違いないよ。それで、僕はいよいよ黒魔王と正面きって対決出来るわけだ」

「大前田さん、その作戦はうまいと思うが、あんた、大丈夫かね？」

黒崎警部は心配そうな顔をした。

「やってみるよ。それで黒魔王の正体を完全にあばいて、のっぴきならない証拠をつかんで、ひっ捕えることが出来れば、少々危ない目にあうぐらいは仕方がないさ……もし武運つたなく、僕が黒魔王のために殺されるようなことがあったら、そのときは警部どの、君たちで仇を取ってくれ」

おれがそういいきると、黒崎警部はまたしっかりとおれの手をにぎりしめて、

「それはもちろんだ。こっちも出来るだけあんたに危険がないようにがんばるが……気をつけてくれよ」

「うむ、まあ僕もそう簡単には死なないよ。今度こそ、あの悪魔野郎に年貢を納めさせてやる」

おれはいつのまにか、固くこぶしを握りしめていた。

事務所へ帰るとすぐ、おれは大塚家に電話をかけた。本家の方では、もちろん陽子が、裏の家の方では君代が電話に出た。

ダイヤは発見したが、いまは渡せない、自分が責任をもって保管しておく——と計画通りのことをいうと、黒魔王の恐怖におびえているときだから、二人とも文句はいわなかった。ただ、陽子の方は、夫が死ねば、当然ダイヤは自分のものになるのだから、こちらへ返してもらいたいと何度も強調していたし、君代の方も、蒙古王は大塚家の家宝のようなものだから、徳太郎が死ねば福二郎の手にもどすのが筋道だとほのめかしていた。これでは、黒魔王の事件は解決しても、大塚家のごたごたは解決しそうもない。それは、おれの知ったことではないが……。

何億円するダイヤかは知らないが、たかが小石ほどの物のために、何人もの命を奪ってみたり、

一族中でいがみあったりする神経は、おれにはとうてい理解出来ない。

この日の午後には、徳太郎の葬儀が行われることになっていた。そのときにこの話をしてもよかったのだが、葬儀にはおれもちょっと顔を出すつもりなので、その前にこの情報を流しておけば、葬式のときに何かの反応があるかもしれない——と計算したのだ。

とにかく、いよいよ決戦だ。作戦計画を十分にねって、あとは黒魔王がこちらにしかけて来るのを待つばかりだ。

おれは久しく使ったことがない三二口径のピストルをひっぱり出して、掃除を始めた。

今度の相手にだけは、これが必要になるかもしれない……

ピストルの冷い銃身をハンカチでふきながら、今度の事件のことを最初からもう一度検討しなおして、冥想にふけっているところへ、ドアを開けて黒眼鏡をかけた妙な男が入って来た。

「竜子姐御だな」

おれがすぐに見破っていうと、竜子は苦笑いして黒眼鏡をはずした。

「惚れている、惚れているという相手がわからないようではたよりないものね」

竜子は負け惜しみをいいながら、椅子にすわるとすぐ、

「いま黒崎警部から聞いて来たんだけど、ダイヤを発見したそうね」

と、口惜しそうな顔でいい出した。

「どうだい、今度こそしゃっぽをぬいだろう。負けました——といさぎよく頭を下げたらどうだね。どうせ僕にはかないっこないから、このへんでさっぱりあきらめて、おとなしく女房に

「……」

「そのせりふはもう聞きあきたわよ。まだ黒魔王をつかまえないうちは、勝負はどっちとも決められないのよ」

竜子がそういったとき、電話のベルが鳴り出して、会話は中断された。

「大前田さんだね?」

電話の声は黒崎警部だった。

「またまたビッグ・ニュースだよ。事件は急転直下、解決しそうだ。小宮裕子が入院している病院に、湯浅勝司のライターが落ちていたんだよ! あの病院に、彼はあらわれているんだよ!」

これには、おれもちょっと驚いた。

「どういうわけで、それを発見したんだね?」

「うん、あの娘も共犯か、少くとも事情ぐらいは知っていたのではないかという疑いがあるので、赤沼警部が尋問に行ったんだ。それで、娘の病室の窓の下に、こいつが落ちているのを発見したのだよ。ローマ字でK. YUASAと彫ってあるから、間違いはない。これで、裕子が共犯だという疑いはまず確定的になった……湯浅勝司の行方がわからないといいながら、こっそり会っているのだからね。病院の方には、すぐ網をはったよ。つかまえるまで、何日でもねばってやる!」

警部の声は活気にあふれていた。

「裕子には、そのライターをつきつけて尋問してみたかい?」

「いや、そんなことはしないよ。本当に共犯なら、しらをきるだけだろうし、かえって警戒されて、せっかくの罠がだめになるからね。どんな方法で連絡されるか知れたものではないから、最後の最後まで用心するにこしたことはない」

「裕子に会いに来た面会客を調べてみただろうね。その中の一人が黒魔王の変装だということはないのか?」

「そうではないと思うね。見舞に来たのは全部調べたが、おやじの今川行彦と、例の阿部という新聞記者と、デザイナーの脇村に同じ店の女の子、それにあんたたちぐらいのものだよ。怪しいやつは一人もいやしない」

「なるほどね……それでは、夜中にでも湯浅がこっそりしのびこんで来ていた——というのだな」

「ほかに考えようがないじゃないか。まあ、とにかく黒魔王事件の落着も、もう時間の問題だね。あんたも、気をつけてうまくやってくれよ。いまは忙しいから、これで失礼する」

黒崎警部は上機嫌でそうしゃべりまくると、さっさと電話を切ってしまった。

全身を耳にしてこの会話を聞いていた竜子は、しばらく考えこんでいたが、

「やっぱりそうだったのね。考えてみれば、裕子には怪しいところが多いわ。大塚家の事情にはくわしいし、黒魔王の手にかかって死ななかった唯一人の人間だし……黒崎警部の方は、この娘がただの従犯だぐらいに考えているらしいけど、わたしはかえって、この娘がダイヤのことを知って、湯浅勝司をそそのかしたんじゃないかと思うわ。福二郎が裕子に色眼をつかっていたというのも、案外裕子の方から福二郎に近づいて、様子を探っていたんじゃないかしら。湯浅勝司が

大塚陽子と関係していたらしいというのも、裕子の恐ろしいたくらみだとも考えられるわね。ダイヤの行方をさぐり、万一の場合には疑いを陽子たちの方へそらす――という、一石二鳥の案かもしれないわ。湯浅勝司は、裕子に踊らされているロボットなのかもしれないのよ。世田ケ谷の庄野健作という男の家へ、阿部利弘をつれこんで、近藤みどりの死体を発見するようにしむけて、黒魔王、黒魔王とさわぎたてたのは裕子だったでしょう？　どうも臭いじゃないの」

「うむ……」

「湯浅勝司がロボットだというのは、少しいいすぎかもしれないけれど、裕子が共犯だということは、まず間違いなさそうね。だいたい、もし本当に湯浅勝司が黒魔王をこわがっていたとしたら、何故裕子に、万一の場合には庄野健作の家へ行け――などと書き残したのか理由がわからないわ。庄野健作は、黒魔王の変身だったのですものね……それは、だまされていたということもあるけど、あんなことを書くには、相手をよほど信用していなければ出来ないことよ。庄野健作なんて妙な男を、湯浅勝司がそれほど信用していたと考えるのも、少し不自然じゃない？　だから、近藤みどりの死体が発見されて、世間が黒魔王という妙な名前に幻惑されるようにしくんだトリックだと考えられない？」

「うむ、なるほどね……」

警部のいうことも、竜子のいうことも、たしかに事件の性格をうまく説明していた。ただ、おれには、どうもうますぎるように思えた。第一、ここ最近になって、急に次から次へと、黒魔王がつまらぬへまをやりだすというのが、おれには何としても気に入らなかった。いままでの成功にのぼせ上って、へまをやるというのはよくある話だが、われわれが湯浅勝司に疑いを持ちはじめたとたんに、次々とそれを裏づけるような証拠が出はじめたというのは、どうも話がうますぎる……

「それで、君はこれからどういう手を打つつもりなんだね？」

おれは竜子にたずねてみた。

「わたしはわたしの考えでやるわ。わたしの考えがあたっていれば、殺人がもう一度起る可能性があるから……」

「大前田英策殺しかね？」

「あなたも狙われるでしょうけど、そのほかによ。もしも、陽子が湯浅勝司と裕子の二人にただ利用されただけだとすると、陽子が殺される可能性は十分あるでしょう？　あるいは、殺しておいて、死体をどこかにかくして、姿をくらましたように見せかけるかもしれないけど……」

「うん、君の仮定が正しいとすると、その危険性はたしかにあるね……」

「だから、わたしは陽子をそっと見張っているわ。危険を未然にふせいでみせる」

「おいおい、大丈夫かい？　もう一つの殺人が、川島竜子殺しだったなんてことにならないようにしてくれよ」

おれはまた心配になってきた。しかし竜子は自信ありげに、

「もう二度とへまはやらないわよ。なにしろわたしは重傷を負って、入院中――って、ことになっているんですからね」

「胸のポケットに入れるコンパクトを、もう一つ買ってやろうか」

「御親切はありがたいけど、結構よ。二度も三度も、命の恩人だといっていばられては、こっちも立つ瀬がないわ」

「命の恩人になったのは、今までだって、もう二度や三度じゃきかないよ」

竜子はぷいと席を立った。

「今度こそ、その借りを返してみせるわ。五代目さん、あなたこそ、ダイヤと心中しないように気をつけてね」

竜子はそれだけいうと、事務所をとび出して行った。

おれはその後姿を見送って、しばらく考えこんでいたが、やがて助手の野々宮を呼んだ。

「むずかしい仕事かもしれないが、例の庄野健作と称する男の前歴を、もう一度調べてみてくれ。いままで、この男は黒魔王の変身なのだと、単純に考えすぎていたような気がする。区役所へ行って、住民登録を調べるなり何なりして、出来るだけ、この男の素姓を洗いたてるんだ。いいね」

野々宮はけげんそうな顔をして、

「先生は、黒魔王と庄野健作が別人かもしれないとおっしゃるのですか?」

「うむ……まあね……とにかく、調べてくれよ」

おれには考えがあった。竜子と話をしているうちに、ふいと思いついたことがあったのだ。

おれは時計を見て、立ち上るとオーバーを取った。

「出かけて来るよ。大塚家の葬式に行って来る」

葬式に行ったおれは、入れかわり立ちかわり焼香にやって来る人波の中で、眼を光らせていたが、最初のうちは、これということもなかった。

顔見知りの今川行彦や、画商の藤木静雄などが、おれの姿を認めて、挨拶していったぐらいのもので、おれに特別の注意を払っている人間はいそうもなかった。反応があらわれるのには、少し早すぎるのかもしれない……

しかし、まもなく陽子がやって来て、挨拶をするようなふりをして、おれを別室へひっぱりこんだ。

「本当に先生、よく見つけて下さいましたわね」

夫の葬式だというのに、陽子の頭はダイヤのことで一杯らしい。たちまち、ダイヤはぜひ自分の手に返してくれと、さっきの話をくどくどとくりかえし始めた。

「本当にあの君代さんのような女にかかったら、どんなひどいことをされるか、わかったものじゃありませんからねえ。あの人は食わせものなんですよ。ここだけの話ですけれど、君代さんは、どうも今川さんと人眼をしのぶ仲らしいんですよ。貞淑そうな顔をしているくせに、本当にあきれますわ」

陽子は自分のことをたなに上げて、さかんに仲の悪い君代をこきおろし始めた。

「さっきも、何気ないふりをして、今川さんと手紙か何かを交換していましたわ。お葬式だというのに、よくもまあ、あんな真似が平気で出来たと思いますわ。誰も見ていなかったつもりなんでしょうけど、わたくしはちゃんと気づいていたんですよ。お気づきかもしれませんが、福二郎さんは少しおめでたい方ですから、あの夫婦の手に蒙古王が渡れば、結局は君代さんが福二郎さんをうまく丸めこんで、自分のものにして勝手に処分してしまうに違いありませんの。大塚家の貴重なダイヤが、他人の手に渡るなんて、我慢が出来ませんわ。お母様のことで、もうこりていますもの」

陽子は紙に火がついたようにしゃべりまくったが、自分の手に入ったら、どうするつもりなのかはいわなかった。しかし、このおしゃべりの中で、今川行彦と大塚君代の間に何かの関係があるらしいという話は、ちょっとおれの興味をひいた。それが本当ならば、福二郎夫婦の間にも、思ったより以上の溝があることになる……

「手紙を渡したというのは本当なのですね?」

おれが念をおすと、陽子は勢いこんで、

「私がこの眼で見ていたのですもの。君代さんが挨拶でもするような様子で、今川さんのそばへ行って、あたりを見まわして、すばやく何か紙切れのようなものを渡していましたわ。今川さんも、白い封筒のようなものを……」

「ほほほほほ……」

突然、冷たい笑声がして、ドアが開くと、そこには君代が立っていた。二人の女は、二匹の蛇のように、冷たく睨みあった。

「陽子さん、御自分のなさっているようなことを、他人もやっていると思ったら大間違いでございますわよ。わたくしはあなたとは違います。つまらぬ邪推はおよし下さい。馬鹿馬鹿しいにもほどがありますわ。今川さんはさっき、わたくしが落したハンカチを拾って下さっただけです。第一、もしわたしたちが本当に妙な間がらだったら、何も人眼につくお葬式のときなどに、わざわざ手紙のやりとりなどはいたしませんわ。そんなつまらないことを他人様にいいふらすなんて、お姉様は少しどうかしているんじゃございません？」

陽子は一言もなく、ただ黙って君代を睨みつけていた。理路整然とものをいう点では、陽子は君代の敵ではない。

「つまらないことをいっているより、早くお座敷へお帰りなさったらいかがです？　おとむらいのお客様たちに失礼でございましょう」

君代は落着きはらっていった。陽子は口をもごもごさせながら、君代をつきのけるようにして部屋を出て行った。

「困った人で……どうも、とんだ失礼を……」

君代は困惑したような表情を浮べて、おれに会釈すると、その場を立ち去った。

おれは腕組みして、溜息を一つついた。

ハンカチを落したというのが本当だろうか、それとも、どちらかが嘘をいっているのだろうか……

事件に直接の関係はないかもしれないが、おれにはこのことが何となく気になった。

第十一章

その日から、おれは事務所へとまりこんだ。

こうすれば、黒魔王はてっきりおれがダイヤを守って事務所にがんばっているのだと思いこむに違いない。それが、おれの狙いだった。もちろん、危険なことは百も承知の上だが、虎穴に入らずんば虎児を得ず――という諺もあることだ。

竜子は陽子をつけまわし、大塚家に警戒の眼を光らせていた。警察は湯浅勝司の足どりを血眼になって探し求めていた。しかし、次の日も、その次の日も、特別な進展は見られなかった。

助手の野々宮はおれの命じた通り、庄野健作の身元調査に全力を注いでいた。調査の結果には、まだあまり目ぼしいものはなかったが、どうやら密輸に関係していた男らしいことだけはつかめた。

その間、おれはどちらかといえば、あまり動かなかった。宝石の番をしているように見せかけながら、この事件を何度も検討してみた。そして、おれの頭の中では、黒崎警部や竜子などが考えているのとは、まったく違った一つの仮説がしだいにはっきりした形をとり始めていた……

事務所にとまりこみを始めてから三日間は、何も起らなかった。相手も用心して、うかつには仕掛けて来ようともしないのだろう。それだけおれを恐ろしいと思っているのかと考えると、満更悪い気はしないが、それよりも、こっちにしてみれば、神経を使って、おちおち眠ってもおれないような夜が何日もつづいたのでは、まったくやりきれない。第一、本当は何もないのに、いかにも蒙古王の番をしているような顔をして、毎晩事務所にとじこもっているのは退屈で仕方がない。

四日目には、とうとう業を煮やして、うさばらしにちょっと外へとび出した。ほんの一杯ひっかけるつもりで、銀座にある一軒のバーへとびこんだら、偶然にも阿部利弘が来あわせていた。

彼は浮かぬ顔をして、たてつづけにウイスキーをあおっていたが、おれの姿を認めると、少しふらつきながら近よって来た。

「大前田先生じゃありませんか。ちょうどいいところでした。今夜は僕とつきあって下さいよ」

すっかり酔っぱらったような、ろれつのまわらないしゃべり方だが、眼を見ると、本当に酔っているのではないことがわかる。こんな態度に出る場合というのは、まず決ってやけ酒のときだ。

「どうしたね、元気がないようだが……土屋部長の雷でも喰ったのかい？」

おれがたずねると、阿部利弘は首をふって、大きな溜息をついた。

「そんなことなら、もう慣れっこだから平ちゃらですがね……先生、警察では湯浅を黒魔王だと思っているらしいですが、先生もそう考えていらっしゃるのですか？」

阿部利弘は急に真剣な表情になってたずねてきた。おれはグラスを口に運んで、中のウイスキーを一口飲んでから答えた。

「そうと断言は出来ないと思っているがね」

阿部利弘はそれを聞いて、少し元気づいたようだった。

「先生、湯浅が黒魔王だ――などというのは馬鹿げていますよ。僕は彼とは同じ新聞社で、しかも同じ社会部の一つ釜の飯を食ってきたんですから、あいつのことはよく知っているつもりです。湯浅はあんなだいそれたことが出来るような男ではありませんよ。新聞記者としては、彼なんか品がよくて、少しおとなしすぎるぐらいだったのですからね。入社したてのころですが、彼が殺しの事件の取材に行って、血だらけの死体を見て気絶しかけたというのが、いまでも語り草になっているくらいですよ。そんな男に殺人が出来るわけはないでしょう」

阿部利弘は一気にまくしたてると、グラスの中味をのみほして、おかわりを注文した。女の子がおれの前にも新しいグラスをおいて行った。

おれは時計を見た。九時だった。黒魔王の奴が事務所を襲って来るにしても、もっと遅くなってからのことだろう。まだもう少し、彼と話をしていてもよい。それに彼の話はおれの興味をひいたのだ。おれは腰をすえて、グラスを手にした。

「それでは、君は黒魔王の正体は何者だと思うかね?」

おれは阿部利弘の顔を見つめながらたずねた。

「さあ……僕は刑事でも探偵でもないですからね。素人のただの意見ですが、くさいと思うのは大塚福二郎です」

「福二郎か……なるほどねえ……みんな、いろいろと考え方が違うものだね。その理由は?」

「そういわれると困りますが、彼なら蒙古王のことも、もちろんよく知っていたわけだし、近藤夫妻の動静にもくわしかったでしょうから、あれだけ大胆であざやかな犯行が出来たのだと考えられるでしょう。黒魔王は蒙古王を探し求めて、近藤君雄につながる線をあれだけ追っかけまわしながら、急に方向をかえて徳太郎を殺していますね。それも、近藤君雄の線を断念して、方角（ママ）転換をしたとも考えられますが、福二郎が犯人だと考えれば、自分が大塚家の実権をにぎりたいという、もう一つの有力な動機があることになるわけでしょう」

「うむ……なかなか面白い意見だが、それでは、あの娘――小宮裕子が殺されなかったわけはどう考える？」

阿部利弘の顔には、一瞬、複雑な表情が浮んだ。彼はしばらくだまっていたが、やがて吐き出すような調子で、

「福二郎は裕子さんに眼をつけていたという話でしたね。だから、いざとなったとき、殺すのは惜しい――という気になったのでしょう」

「なるほど、それで一応の説明はつく。それでは、湯浅君が黒魔王ではないという君の考え方でいくと、彼が裕子さんに、庄野健作のところへ行け――という手紙を残していったのは何故だったと思うかね？」

阿部利弘は困ったように首をひねった。

「湯浅が黒魔王にだまされていたんでしょう」

「いくら湯浅君が上品でおとなしい方でも、新聞記者ともあろうものが、そんなに簡単にだまさ

れて、相手を完全に信用してしまうなどということがあるものかね?」

「弱りましたね、どうも……先生、質問攻めにされてはかないませんよ。僕のはただのやま勘なんですからね。それよりも、先生の考え方を説明して下さいよ」

「僕は今まで自分で何度も考えてきたことを、君を相手にしゃべりながら、もう一度たしかめているんだよ。僕が何を考えているのかは、君も新聞記者なら、僕の話の進め方から見当をつけてみたまえ」

おれはちょっと勿体をつけた。

「いまの先生の質問から考えると、先生もやっぱり警察なんかと同じ意見のように思えますよ」

阿部利弘は元気のない声でいった。

「それは間違いだよ。だいたい人間は一つの問題に対して、一つの解答を思いつくと、それ以外の答は出来ないように思いこみやすい。しかし、実はほかにいくらでも解答のしようがある場合が多いのだ。僕はいろいろな問題点について、何通りもの答を出してみたいのだ。君に質問したのも、そのためだよ。裕子さんが殺されなかった理由を説明するのに、湯浅勝司が黒魔王だったからだ――というのも一つの答、いまの君のように、福二郎犯人説を根拠にするのも一つの答だ。ほかにもまだ答はあるに違いない。正しい答は一つだけだがね……」

「おっしゃることはわかりますが、それでは先生の出したほかの答はどうなんです?」

「それはしばらく待ちたまえ。もう少し、君の考え方をおし進めてみよう。湯浅君が犯人でないとすると、彼はいったいどうなったのだろうか?」

阿部利弘はぎょっとしたように、おれの顔を見つめた。

「見当がつくだろう？」

「さあ……」

阿部利弘の顔には、何ともいえない困惑の表情が浮んだ。自分の考えていることを口に出すのをためらっている様子だった。

「そんな簡単なことが推察出来ないわけはないだろう？」

「ええ……でも、そう考えたくありません。実に悲しむべきことですからね。仲間がどこかで殺されているなんて……」

おれは阿部利弘の顔を真直ぐに見つめた。

「君は本当に心から、それを悲しむべきことだと考えているのかね？」

「先生、何をおっしゃるのです！」

阿部利弘は顔色を変えた。

「まあ落着きたまえ。君は純真ないい青年だよ。湯浅君はもう死んでいるのではないかと君は考えている。しかし、そう考えるのは、自分が心の片隅で、それを望んでいるからなのではないか――君はそう思っている。そして、それをひどく苦にやんでいる。どうだ、違うかね？」

「先生、先生はいったいどうして、僕が友人の死を望むなどと……」

「それを、おれに説明させようというのかね？　おれは女に惚れたら、どういう気持になるものかということぐらい、君以上によく承知しているつもりだよ」

阿部利弘は黙って首をうなだれた。おれは何杯目かのおかわりを注文して、

「それを何も苦にやむことはないよ。われわれは聖者ではない。君が湯浅君を直接手にかけたのでないかぎり、おれは君がそういう気持になったのを責める気にはなれないね。ただ、一つ君にいっておきたいことがある。この事件が完全に解決するまでは、あまりあの娘のことを思いつめないようにしたまえ。時が来れば、その時に、君は彼女に対する態度をはっきり決めればいいのだ」

「先生、それはどういう意味です？　湯浅が生きていれば、僕はもちろん、友人の彼女に手を出すようなことはしませんよ」

「いや、おれのいうのはそんなことじゃないのだ。ただ、おれの考えていることが正しいとすれば……」

「先生！」

たまりかねたように阿部は叫んだ。

「先生、それでは……それでは……警察は裕子さんにも疑いを持っているらしいですが、先生も……まさか……そんなことは……」

「君の今夜のやけ酒は、その心配が原因らしいが、まあ、そうあわてて結論を出すのはやめたまえ。ただ、裕子さん自身が犯人でも共犯者でもないならば、この事件の全てが明らかになったとき、君は大きなショックを受けないですむだろうからね」

「先生、今夜はずいぶんまわりくどい話し方をされますね。もっとはっきりいって下さいよ。そ

れはどういう意味なんです」

「まあ、いまいったことを覚えておきたまえ。後で思い当ることがあるかもしれないよ」

阿部利弘はまたたきもせずにおれを見つめた。

「先生はもう黒魔王の正体を見破っておられるのでしょう」

「うむ……だいたいね。ただ、おれの仮説を証明するためには、二人の人間か、それとも二つの死体かを、どこかから発見して来なければならないのだ」

「二人の人間か、二つの死体？」

「うん、死体の公算の方が大きいがね……」

「先生、一つだけは見当がつきますが、あとの一つは、いったい誰の……？」

「まあ、もう少し待ちたまえ。僕は中途半端な説明を公表したくはない。事件の全貌をつかんだときに、残らず話して聞かせるよ。新聞記者には、うかつにしゃべれないからね」

「先生、そんな意地の悪いことをいわないで教えて下さいよ。新聞記者意識はここでは捨ててしまいますから」

「まあ、やめておこう。いまの会話から、君自身で解決してみたまえ」

おれは時計を見た。もう十時半を過ぎていた。それに、ふだんなら、このくらいのアルコールの量にはびくともしないのだが、三日間の睡眠不足がたたったのか、今夜はやけにまわりが早かった。これ以上飲んでいると、今晩もしものことがあったら大変だ。

おれは席を立った。

「もう帰るよ。君もいい加減にきりあげたまえ。やけ酒を飲むのはまだ早すぎるよ」

車を拾って、芝西久保巴町（しばにしくぼともえちょう）のおれの事務所へ帰る途中、おれは何となく妙な胸騒ぎを感じ始めた。敵もさるものだ、おれの動静をどこかから監視していて、おれの留守を狙って事務所へ侵入していないともかぎらない——そういう考えが、急に頭の中いっぱいに拡がっていった。

もちろん、本当はダイヤなんかないのだし、黒魔王に盗まれて困るようなものもないから、しのびこまれても別に被害はないが、留守を狙われたのでは、せっかく苦心して罠をはった意味がなくなる。

おれはタクシーの運転手に出来るだけ急がせ、わざと事務所からちょっと離れたところで車を下りた。まだ間にあうかもしれないのだ。敵を警戒させるのはまずい。

事務所へ近づいて行くにつれて、おれの神経はしだいに鋭くなっていた。頭の犯波探知機のダイヤルの針が、活潑に動き出したのだ。どうも何かありそうだ。

このあたりは、オフィスなどが多いので、この時間になると人通りはほとんどない。舗道の上の自分の靴音だけが、妙に高く反響した。おれはあたりに気をくばりながら、ゆっくりと進んで行った。

表口まで来たが、別に異状はない。しかしレーダーは動きを止めなかった。おれはそっと裏へまわった。まるで自分が他人の家へしのびこんで行くような気がした。

おれの予感は当っていた。

閉めておいたはずの裏のドアが細目に開いていたのだ。そして、ドアの内側に人の気配がするのをおれは感じとった。すぐに中へとびこんで行けば、敵の術中に落ちるだろう。

おれはドアの横手にまわって、勢いよくドアを開いた。内側にひそんでいた男は、はっとして、本能的に戸口から顔をつき出した。そのとたんに、おれは力まかせにドアを戻した。相手の鼻と固い樫で出来たドアが正面衝突して、相手はちょっとよろめいた。

おれはその機会を逃さなかった。ドアのかげから飛び出して行って、相手の胸ぐらをひっつかまえると、そのまま地面へたたきつけた。顔に大きな傷のある、人相の悪い男だった。ポケットからピストルが落ちた。おれはそれを拾い上げて、台尻で男の頭を一発ぶんなぐった。相手は完全にのびた。まったくたあいのない活劇だった。

こいつは黒魔王には、どう考えても役不足だ。手下か何かなのだろう。後でしめ上げて泥を吐かせてやろう。

事務室の方から、ちらちらとかすかにあかりが洩れているのに気がついて、おれは息つくひまもなく、そっちの方へとんで行った。

いま奪いとったピストルをかまえて、事務室の中へとびこむと、懐中電燈の丸い光の輪がおれの顔を包んだ。だが、それはほんの一瞬だった。おれは狙いをこめて、光源のあたりに一発ぶっ放した。狙いは少し正確すぎた。レンズの割れる音がして、懐中電燈の光が消えた。

それとほとんど同時に、おれは暗闇の中に突進していった。この男も手間はかからなかった。二三度もみあっているうちに、おれは合気の投げで相手を床にたたきつけ、よろよろと体を起したところへ、痛烈なアッパーカットを喰わせて、のしてしまった。もっとも、こっちも顔をひっかかれたし、頬がはれ上るほどなぐられていた。

おれは手探りで壁にある電燈のスイッチを入れた。

事務室の中はめちゃめちゃにかきまわされていた。金庫の前に、金庫破りの小道具が散らばっていて、その横に、いまおれと暗闇の中で格闘した大男がのびていた。

面の皮をひっぱってみたが、これが生地らしく、変装をしている様子はない。こいつも黒魔王本人とは思えなかった。自分は用心して、まず手下か、それとも金次第で何でもやってのける連中をかわりによこしたのだろうか？

おれはあたりに気を配ったが、これ以上人のいる様子はない。

おれは大男に活を入れた。うーんとうなりながら体を起したので、おれはピストルを突きつけたまま、椅子に坐るように命じた。

「さあ、いえっ！　誰に頼まれて、こんなことをしたのだ？　貴様は黒魔王の手下か？」

大男は二三度目をぱちぱちさせ、口の中でぶつぶつと悪態をついていたが、ピストルの銃口を見つめて、ついに観念したようだった。

「手下なんてものじゃありませんや。こっちはただ……」

突然、窓のあたりで小さな炸裂音がいくつか聞え、同時に窓ガラスの一枚が大きな音をたてて割れて飛んだ。眼の前にいた大男はくずれるように椅子から転り落ちた。おれの耳のそばを弾丸がかすめて飛んだ。

前のめりに床の上に倒れた男の後頭部から真赤な血がふき出していた。

おれは夢中で、破れた窓ガラスの方角にむかって、二三発ぶっ放した。しかし、手ごたえがあったような気配はない。

おれは窓を開けて、外へとび出した。しかし、敵はもう逃げてしまって、どこにも見当らない。

いま、大男の口を封じて逃げたやつこそ、黒魔王に違いない。裏のごちゃごちゃした小路を利用して、ちゃんと逃げ道を考えていたのだろう。おれが錠の下りている窓を開けるほんの何秒かの隙に乗じて逃げ出してしまったのに違いない。あとはどうせ車でもとばして、さっさと姿をくらますつもりだろう。おれは深追いを断念した。

さっき裏口でのばしておいた男の方から泥を吐かせようと、おれはそちらの方へまわった。

しかし、遅すぎた。相手はもう口がきけなくなっていた。胸に短剣を突き立てられ、みにくく顔をゆがめて死んでいた。流れ出た血で床がぬるぬるしていた。黒魔王の方に手ぬかりはなかったのだ。

「畜生……黒魔王め」

おれはその場に棒立ちになってつぶやいた。

「だが、貴様の寿命ももう長くはないぞ！」

おれは電話で警視庁に連絡をとり、それから、もう一つ、あるところへ電話をかけた。

目的の人物が不在であることを知って、おれは思わず会心の微笑を洩らした。

その晩は、とうとう一睡も出来なかった。

警視庁から黒崎警部一行がかけつけて来て、事務所中を調べまわり、何度も何度もおれの武勇伝を聞きたがった。

殺された二人の男の身元はすぐにわかった。どちらも前科者で、顔に傷のある男の方は、麻薬の密輸と傷害の疑いで二度ばかりつかまったことのあるやつだった。麻薬の方は、結局証拠不十分で、傷害罪の方で三年ほど臭い飯を喰って、一年ほど前に娑婆へ戻って来たのだそうだが、金目当てなら、なんでもやってのける札つきの悪党だそうだ。

もう一人の大男の方は、もとは堅気の金庫作りの職人だったのだが、いつのころからか麻薬中毒患者になり、それ以来すっかりぐれて、金庫破りで何度か警察の厄介になっているということだった。

この二人の男といい、徳太郎といい、黒魔王の事件には、麻薬に関係した男が何人もいる。黒崎警部もその点に気がついたらしく、

「黒魔王をつかまえれば、おまけがついて、麻薬のアジトが上るかもしれないぞ。麻薬密輸の黒幕か何かがからんでいるのかもしれん」

とつぶやいていた。

「湯浅勝司イコール黒魔王イコール麻薬の黒幕ということになると、一介の新聞記者が実はとんでもない怪物だったという、奇々怪々なことになるようだね」

おれが皮肉をいうと、警部は苦い顔をして、

「湯浅勝司イコール黒魔王は成立しても、後の方がなりたつとはかぎらん。あるいは、湯浅は踊

らされているだけかもしれんし……」

警部は首をひねっていた。湯浅勝司の線に重点をおいてきたいままでの捜査方針に対して、いくらか疑問を感じ始めたらしい。

「とにかく、何であろうと、湯浅をつかまえなければならんことはたしかだ」

警部は強情をはった。

「そうかな……僕なら、湯浅をつかまえるときには、手錠のかわりに棺桶を用意するね」

おれの言葉に、黒崎警部は眼をむいた。

「大前田さん、いやに自信たっぷりだが、何か新しい証拠でも見つけたのか？」

「いや……推理したのだよ。証拠も近いうちに発見するつもりだがね」

「探偵小説の中の名探偵みたいな口のきき方はよしてくれよ。あんたの考えを説明してくれないか。それは、湯浅が殺されているという可能性もあるにはある。しかし、いろんな事情から考えると、彼が黒魔王だという疑いの方がうんと強い。それはいままで、われわれが何度も考えて来たじゃないか。それに、もし湯浅が黒魔王でないとすると、いったい誰が……」

おれは間髪を入れずに答えた。

「たぶん、麻薬密輸の黒幕だよ。ねえ、警部、おれの考えは、もう二三の未解決の点を解いてから、近いうちに話すよ。今日はこれで勘弁してくれないか。なにしろ、眠くて眠くて、しゃべるのもいやなぐらいなんだ。久しぶりに、家の蒲団でゆっくり寝たいよ。これ以上、僕をひきとめると、人権蹂躙で訴えるぞ」

眠いのはまったく事実だった。四日もろくろく寝ていないとあっては、いくらおれでもやりきれない。

「それではお好きなように。いまあんたのお説を無理に聞くにも及ぶまいからね。ただ、参考意見がほしかったのだ」

黒崎警部は急に態度をかえて、そっけない調子でいった。明らかに負け惜しみだが、おれが何もいわなければ、自分で先に解決してみせるぞ——という意気込みなのだろう。

黒崎警部とおれとはいつもは大変に仲がよいのだが、いざというときには、やはり競争意識が出てしまう。仲のよいライバルといった関係なのだ。

おれはにやりと笑っていった。

「警部、競争はフェアプレーでいこうぜ。おたがいに協力しながら、どちらの推理が正しいかを争うのだよ」

黒崎警部は大きくうなずいて、

「よかろう。こっちも警察力を笠に着て、あんたに邪魔をするようなけちな真似はしないよ」

警部は闘志を爆発させたような大声でいったが、胸に成算があるようには見えなかった。

「警部、賭けよう。もし、僕が勝ったら、君は何をくれる?」

「そうだね、金品を賭けると賭博罪だからね、現職の警部といたしましてはどうも……そうだ、そのときは、仕方がないから、あんたと竜子姐御の結婚式のとき、月下氷人をつとめることにするよ」

これにはこっちが一本参った。

おれは微笑して、黒崎警部と握手すると外へ出た。もうあたりは明るくなっていた。大きなあくびを連発してから、おれはタクシーを拾った。

車にのりこんでから、警部との賭に、こっちが負けたときのことを約束するのを忘れて来たことに気がついた。

まあ、かまやしない。どうせ、こっちが勝つんだから……

眼がさめたら、もう正午をとっくに過ぎていた。しかし、死んだようになって数時間眠ったおかげで、すっかり気持がよくなった。

おれはまた事務所へ出かけていった。

事務所の連中が総出で片づけをしてくれたらしく、昨夜の混乱のあとはなかった。

おれが部屋へ入ると、待ちかねたように野々宮青年がやって来た。

「先生、ちょっと面白い情報をつかみました。例の世田ケ谷にある庄野健作の家の近所で、もう一度根気よく聞きこみ調査をしたのですが、近所に住んでいるサラリーマンの奥さんがようやく思い出してくれて、庄野健作には、たしか右手の小指がなかった——といい出したのです」

「ふむ……」

「何でも、半年ほど前に手紙が間違って配達されたので、それをとどけに行ってやったら、ろくに礼もいわずに右手でふんだくるように手紙を取ったのだそうですが、そのとき、たしか小指がなかった——というのです。何かの怪我で切断したのだろうと、別に気にもとめなかったのだぞうですが……」

「よし、御苦労だったね。たしかに面白い」

おれはすぐに電話をとり上げて、東洋新聞社会部の阿部利弘を呼び出した。

「阿部君、君が裕子さんと例の世田ケ谷の家へ行ったときのことだがね、黒魔王は君たちに毒入りの紅茶をすすめたのだったね？」

「ええ……それがどうしたんですか？」

「あのときのことをよく思い出してくれ。いいかい、やつが紅茶を出したとき、何か変ったことに気がつかなかったかね？　たとえば、手が少し変だった――といったような……」

「さあ……別に変ったこともなかったと思いますが……」

「右手の小指がなかったというようなことは？」

「右手の小指？　さあ……ちゃんと、あったと思いますね。あのときは、部屋に入ったときから、何となく薄気味が悪かったものですから、いろいろなものに気をつけていました。僕も新聞記者ですからね。右手の小指がない――などという大きな特徴があれば、それを見落すはずはないと思います」

「そうか、わかった……ところで、君にたぶん特種を提供出来ると思うんだが、こっちの事務所まですぐ来ないか？」

相手はたちまち興奮した。

「特種ですって！　行きますとも！　先生がそうおっしゃるのなら、すぐに行きますよ！」

おれは電話器を置いて、もの問いたげな顔をしている野々宮青年にいった。

「外出の仕度をしたまえ。君もいっしょに来るんだ」

「どこへです、先生？」

「世田ケ谷の庄野健作の家だ。あのときは、おれは赤沼警部に邪魔されて、まだ現場を見ていないからな」

「でも、あれはもう何日も前のことで……」

おれは笑って返事をしなかった。そして、また電話器を取り上げて、今度は警視庁の黒崎警部を呼び出した。庄野健作の家へ行くからといって、許可を求めると、黒崎警部は、

「邪魔はしないよ。行ってみたまえ。しかし、いくら蒙古王探しで味をしめたとはいっても、あの家ばかりは、行っても何のたしにもならないんじゃないかな。埃をかぶるぐらいがおちだぜ。柳の下にどじょうはいないというじゃないか」

と皮肉をいってきたが、おれには絶対の自信があった。

「まあ、待っていたまえ。大きなどじょうを釣り上げて来るから」

おれは電話を切った。


「半年前の庄野健作と、この前に庄野健作と名のった男とが別人らしい——という先生の狙いが正しかったことは、右手の小指の一件でだいたいわかりましたが、どうして先生はそういうねらいをつけられたのですか？」

助手の野々宮は、世田ケ谷へむかう車の中で、おれにたずねた。

「おれの仮説が正しいとすれば、そうでなくてはならないからさ」

野々宮は困ったような顔をした。

「先生、特種って何です？　あの家に何があるというのです？」

阿部記者はおれを質問攻めにした。おれは、行ってみればわかる――の一点ばりで通した。

問題の家は住む者もなく、すっかり荒れてしまった感じで、昼間見ても、ひどく陰気だった。

中は外観以上にひどかった。埃が厚く床につもり、蜘蛛の巣だらけだ。

「例の黒魔術の祭壇があった部屋というのへ行ってみよう」

おれは二人をつれて、いまは何一つ残っていない、空っぽの部屋へ入って行った。気のせいか、妙にしめっぽく、何だか妖気でも立ちこめているような感じがした。

おれは天井から壁、壁から床と順に見まわした。注意してみると奥の壁だけが、いくらか色が違うようだ。同じ調子の白壁だが、ほかの部分にくらべて、ほんの少しぬりが新しいような気がした。

「野々宮君、何か丈夫な棒を探して来てくれ」

おれはその壁をじっと見つめながらいった。

「先生、どうするんです？」

阿部利弘が好奇心に眼を光らせてたずねた。

「あの壁をこわすのだ。手伝ってくれたまえ」

「先生、勝手にそんなことをしていいんですか？　刑法の建造物損壊罪というやつにひっかかりますよ」

「責任は僕が持つから、特種がほしかったら、僕のいう通りにしたまえ」

「特種のためならば……か、そいつは新聞記者に対する殺し文句ですねえ」

阿部利弘はそういいながら上衣をぬいで、野々宮の探してきた太い丸太棒をふりまわし、力まかせに壁をたたいた。

おれも、野々宮青年も、手ごろな得物を持って、すぐにこの破壊作業に加わった。

野々宮も阿部も、おれの狙いをうすうす感じとったのだろう。二人とももう口をきかなかった。

部屋の中には、壁土のくずれ落ちる音だけが反響していた。

「わあっ！」

どさりと大きく壁土が落ちたとき、阿部利弘の口からは、異様な悲鳴が洩れた。野々宮青年もはっとその場に立ちすくんだ。

おれの予想は的中していた。

壁の中には、醜く形のくずれた人間の死体がぬりこめられていたのだ。

「作業をつづけて！」

おれは叫んだ。まったく薄気味の悪い作業だった。しかし、その甲斐はあった。

死体の全体があらわれたとき、おれは黙って死体の右手を指さしてみせた。

小指がなかった。

「この仏が本物の庄野健作だ。阿部君の前にあらわれたのは、庄野健作を殺して、それにばけた黒魔王なのだ。さあ、もっと壁くずしをつづけるんだ」

おれはもうもうと上る土煙の中で、なるべく口を大きく開けないようにして、こう説明しながら、棒をふりつづけた。

庄野健作の死体がぬりこめられていた壁の右側の部分が大きな音をたててくずれ落ちた。死体がもう一つ出て来た。おれの考えていた二つの死体がそろったのだ。しかし、そのときは自分の考えが正しかったことを喜んでいるような余裕はなかった。

この恐ろしい仕業には、さすがのおれも胸がむかむかしてくるような気がしたのだ。

「あっ、これは！」

死体のつけている服の衿を見つめて、阿部は真青になって叫んだ。

そこには、東洋新聞社のバッジが、鈍い光を放っていたのだ。

「湯浅だ！　湯浅勝司だ！」

阿部利弘は悪夢でも見ているようにつぶやいた。

たしかに、顔はかなりくずれているが、それは間違いなく湯浅勝司の死体だった。

おれは、この二つの死体の発見で、自分の推理に誤りがないことを確信したのだ。

第十二章

「やられたね、負けたよ」

その晩、事務所へおれをたずねて来た黒崎警部は、残念そうな顔をして、

「大前田さん、あんたは探し物の名人だねえ。しかし、いったいどうして、あの家が臭いとにらんだのだね？　現場ではごたごたしていて、その点をゆっくり聞けなかったが……」

「順を追って話そう」

おれは煙草に火をつけて、ゆっくりとしゃべり始めた。

「まず、僕が湯浅勝司が黒魔王だという意見に全面的に賛成しなかったのは、彼に対する証拠があまりにも揃いすぎているためだった。手帳にライターと次々に発見されたとき、僕はどう考えてもこれは少し臭いと思った。証拠の偽装じゃないかという気がしてね」

「うむ、それで？」

「そこで僕は、湯浅が黒魔王ではないと仮定して考えてみた。そうすると、彼はどうなったのか？　いまだに行方不明のままだということは、もう殺されてしまっているという可能性が強い。湯浅が近藤夫妻などに近づいていたという事実を考えあわせると、彼も黒魔王のために命を落し

ているのではないかという推定は当然出て来る。ただ、僕の頭を悩ましたのは、湯浅勝司が裕子に残した、いざという場合は庄野健作をたずねろ――という手紙だった。湯浅が犯人でないとすれば、なぜ奴はこんな、手紙を書いたのか？　僕はその点を何度も考えた。そして、ついに、庄野健作と黒魔王は別人なのではないかと思い始めたのだ」

「というと？」

「僕はこういう想像をしてみたのだ。つまり、庄野健作という男が黒魔王の手下か何かで、内心裏切りの計画を立てていたのではないか――とね。そうすれば、湯浅勝司が何かの機会に庄野健作を知って、二人で共同して黒魔王を倒そうと計画していたということは十分に考えられる。それならば、湯浅としては、自分に万一のことがあった場合には、裕子たちが庄野健作と相談して、自分の仇を取ってくれると思って、あの手紙を書いた――ということも十分に説明がつく」

「なるほど。それで、黒魔王は庄野健作たちのたくらみを見破って、二人をさっさと早いところ殺してしまったわけなのだな」

「その通りだ。それも、ただ殺すだけではなく、死体をかくして、そのことをうまく利用したのだ。自分が庄野健作に化けて一芝居打ったのもその例だし、一方、湯浅をいかにも犯人らしく仕立て上げて、うまく自分の正体をカモフラージュするのに利用したのもそうだ。実にどうも、大した悪党だよ」

「こっちは見事にそれにひっかかったのだから、何とも面目ないが……ただ、湯浅は黒魔王のことを知りながら、たとえば上司の土屋社会部長などのようなしかるべき相手に、なぜ打明けて相談しなかったのだろう?」

「その点はね、警部、湯浅が近藤夫妻に接近していたという事実を考えると、解決がつくと思うんだ。大塚家のお家騒動の調査の縁だけで、湯浅とこの夫婦との間がそんなに近しくなるわけはない。湯浅は近藤夫婦から、蒙古王の横取りの仲間に入るようにすすめられて、欲に眼がくらんで承諾してしまったのじゃないかな。近藤夫妻にしてみれば、蒙古王を盗み出しはしたものの、いわくつきのダイヤだけに、簡単に売れないという悩みがある。社会の裏面に明るい社会部記者を仲間に引き入れれば、何かと都合がよいと思ったのだろう。あるいは、何かのきっかけで、近藤君雄がダイヤを盗み出したことを湯浅が嗅ぎつけて、近藤夫妻に買収されたとも考えられる。まあ、とにかく、そういう事情があれば、黒魔王とこのダイヤの話を切り離してしまうわけにはいかなかっただろうから、湯浅としてはまず誰にも話せなかっただろうね」

「うむ、たぶん、あんたのいう通りだろう。関係者が全部死んでしまったいまとなっては、そのあたりのくわしい事情はもう調べようがないが……近藤みどりが世田ケ谷の家へ行ったのも、黒魔王の脅迫を受けたので、湯浅から紹介してもらった庄野健作と会って、対策を相談するつもりだったのだろうな」

「そんなところだろうね。そのときはもう、本物の庄野健作は殺されていて、彼に化けた黒魔王が毒牙をといでみどりを待ちうけていたのだがね」

おれはちょっと一息ついた。どういうわけか知らないが、昨夜から竜子と連絡がとれていないのが急に不安になってきた。どうせ、陽子か誰かをつけまわして、見当ちがいの方角ばかりつついているのだろうが……

　おれはまた説明をつづけた。

「話が少し横道にそれたが、ちょっと前から庄野健作の様子がかわった――という話も、僕の考え方を裏づけている。助手の聞きこみで、本物の庄野健作には右手の小指がないことがわかり、東洋新聞の阿部君の話とくらべてみたとき、僕は自分の推理が正しいと確信したのだ」

「うむ、なるほど……」

「あとは簡単さ。庄野健作は近所づきあいもないし、あの通り、例の家は野中の一軒家に近いのだから、死体をかくす場所にはもってこいだ。それに、庄野健作が黒魔王に殺されたところも、あの家だったと考えるのがいちばん自然だろう。そうすれば、なにもわざわざ死体を運搬することはないのだから、黒魔王が死体をかくしたのはあの家だろうと推察したのだ。湯浅勝司が庄野健作に近づいていたという僕の推理によれば、湯浅の死体もあの家にあるという可能性が強い。あの家に眼をつけたのはそういうわけだよ」

「聞いてみれば、いちいちもっともだが、それにしても、大前田さん、よく見破ったな」

　黒崎警部は何度も大きくうなずきながら、感心したような顔をして、おれの説明を聞いていたが、明るい微笑を浮べてそういった。競争はしても、負けたとなると、いさぎよく降参して、相手をほめ上げるところが彼の長所であり、おれが惚れこんでいる理由の一つなのだ。

「あの家の中では、何といっても一番怪しいのは、黒魔術の祭壇があったという隠し部屋だ。そこへ行って、壁の色の調子をよく注意してみれば、もう死体の発見に成功したようなものだった。

ただ、あれほどいやな作業というものは、臍の緒切ってこのかた、一度もなかったよ」

「うむ、あれを見たときは、僕でさえも気味が悪かったぐらいだからね……しかし、警察としては、注意力不足だったな。最初の事件のときに、壁の色のことに気がついていれば、これほど事件は混乱しなかっただろうにな。残念だよ」

「それは、あのときは仕方がなかったんじゃないかな。近藤みどりの死体の方にばかり注意が集っていたろうし、あの部屋にしても、奇怪な祭壇などの道具立てに眼をうばわれて、まさか壁の中にほかの死体がかくしてあるなどとは考えられなかったろう。それに、ふつうの日本の家屋では、中に死体などをかくすことが出来るほど壁は厚くないからね。あの部屋は、ああいう特殊な構造になっていたから、それが出来たのだが……ところで、あの二つの死体の検死の結果はどうだった?」

「射殺だ。両方とも、一発で心臓をぶち抜かれている。この前の晩に、この事務所で殺された大男のときと同じ口径のピストルでやられていた」

しばらく沈黙が流れた。ふたたび口を切ったのは黒崎警部の方だった。

「大前田さん、これで、湯浅勝司の線は完全にくずれたわけだが、あんたは黒魔王の正体を誰だと……」

そのとき、机の上の電話のベルがけたたましく鳴り出した。

「警部、君にだよ」

おれは受話器を黒崎警部に渡した。

「はい、黒崎だ……えっ……何、何だって！……」

警部の顔色はさっと変った。

「うん……それで……よしっ、僕も後からすぐ行くよ」

警部は受話器を置くと、暗澹とした顔をして、つぶやくようにいった。

「大前田さん、この事件は最初から気違いじみていると思ったが、どうやら、それにふさわしい幕切れになったらしいよ。今度は大塚福二郎が発狂して、妻の君代を殺してしまったそうだ」

「えっ！」

これだけは、おれにもまったく予想のつかなかった出来事だった。

「例の死体発見のニュースが出ている東洋新聞の夕刊を見ていた福二郎が、突然発狂して暴れ出し、出刃庖丁をふりまわして、君代にめったやたらに斬りつけて、とうとう刺し殺してしまったそうだよ。女中が警察へ連絡して、みんなでいまようやくとりおさえたところだそうだが、もう完全に狂っていて、妻の死体を見てにたにた笑っているということだ。警視庁からは、赤沼君が急行したそうだが……庄野と湯浅の死体の発見で、ショックを受けたのだろうね。ああいう殺人狂はどうせもともと精神状態が少しおかしいだろうから、自分が絶対だと思っていたトリックがばれて、すっかり頭に来たのだろうな。だが、それにしても、妻の君代を自分の手にかけて殺す結果になったとは、天の配剤は恐ろしいものだね」

「警部、天の配剤が恐ろしいものだという点には同感だが、福二郎は黒魔王じゃないよ」

おれは静かに、しかし自信をこめていいきった。黒崎警部は驚いたようにおれを見つめていた。

「発狂の原因なんて、その場の情況だけではわからないものだよ。新聞のニュースが原因ではないと思うね。大塚家へ電話をかけて、赤沼警部を呼び出して、その後の調査情況を聞いてみたまえ。たぶん、福二郎は麻薬か何かの中毒症状を呈しているはずだ」

黒崎警部は電話器にとびついて、しばらく話していたが、やがて、

「大前田さん、大前田英五郎の地獄耳というのは有名だが、五代目英策は千里眼なのかね？ たしかに、あんたのいう通りだよ。かかりつけの医者が来て診察したところ、完全な麻薬中毒で、それが発狂の原因らしいということだ。ただ不思議なのは、その医者が一週間前に健康診断をしたときには、福二郎にそんな徴候は全然なかったというんだ。たった一週間ぐらいで、完全な麻薬中毒になるなんてことがあるものだろうか？ 大前田さん、あんたはそこまでお見通しかね？」

黒崎警部は頭をかかえこんでいた。

「うん、たぶん、そいつはダブル・ヘロインを使ったんだ」

警部は、はっとしたようにおれの顔を見つめ、そして大きくうなずいた。

「うん、そうか！ 大前田さん、すごいぞ！ ダブル・ヘロイン――たしか一名をナルコチック三五といって、第二次大戦中にナチスドイツの科学者たちが発明した恐ろしい麻薬だったな」

「その通り。なにしろこいつは、使い方が実に簡単で、その上毒性が阿片やヘロインの数倍も数十倍も強いというのが特色で、たとえば砂糖といっしょにコーヒーの中にまぜて飲ませても、味だけでは絶対に識別出来ない。だから簡単に中毒患者になって、善悪の判断がつかなくなり、多

量に服用すると、その上すぐに発狂状態になって、やがては狂い死にしてしまうわけだ。福二郎の場合、この薬を飲まされたとしか考えられないよ。しかし、君代がそれで殺されてしまったとはね……自業自得とはいっても、天の摂理は皮肉なものだ」

「自業自得だって？」

　黒崎警部は思わず大声を出した。

「それでは……福二郎にダブル・ヘロインをのませたのは君代だったというんだね？　しかし、あんたはどうしてそんなことを……」

「推理だよ、警部。しかし、たぶん証拠が残っているだろう。論より証拠というやつだ。君代の死体がダブル・ヘロインを身につけているか、それとも彼女の身廻品か貴重品入れの中にそいつが隠してあるか――そのどちらかだろう。探してみればわかる」

「それでは、あんたは黒魔王は君代だったというのかね？　黒魔王は女だったというのか？」

　おれは強く首を横にふった。

「違う。そうじゃないよ。君代は黒魔王の共犯者ではあるが、黒魔王は別にいる」

「大前田さん、そいつはいったい誰だ？　誰だというんだ？」

　黒崎警部は興奮のために顔を真赤にして怒鳴った。

「警部、考えてみたまえ。この事件の鍵は、結局、裕子という娘が誘拐されながら殺されなかったことにある。なぜ殺されなかったか？　湯浅が犯人だからだと考えれば、たしかに説明はついたが、いまとなってはこれが間違っていることは明らかだ。ほかの、理窟にあった説明が出来ないか?」

「……」

「それから、裕子の病室の窓の下に落ちていた湯浅勝司のライターが第二ヒントだ。あれは黒魔王のやりすぎだった。あの病室へもっとも自然に近づいて、あんな細工をすることが出来たのは誰だろう?」

「大前田さん、それでは、あんたは……」

「その人物は、過去もすこぶる怪しい点が多い。麻薬の密輸に関係している可能性は十分にある。大塚徳太郎とも知りあいで、彼を麻薬中毒にしてしまった男なのだ」

「そうか、そうだったのか……気がつかなかった!」

黒崎警部は口惜しそうに唇を噛んで、

「自分の娘とも知らずに誘拐して、拷問にかけているうちに、娘の特徴の二の腕にあるハート型の青あざに気がついた男——今川行彦だったのだな!」

おれは力強くうなずいた。

「御名答だよ、警部。あのとき——つまり、秋山みつる殺しのあった晩、僕は娘の発見を知らせるために今川行彦に電話をかけたが、彼はいなかった。黒魔王のやつが僕の事務所を襲って、手下を殺して行ったとき、僕は念のために今川行彦に電話をかけてみた。彼はやっぱり不在だった」

「うむ……」

「もちろん、それだけのことならば、偶然にすぎないといえるだろう。だが徳太郎の葬式のとき、今川行彦が君代に何か渡していたのを陽子が目撃している。君代は否定したが、客観的な事情から考えて、陽子のいったことの方が本当だろう。あのとき今川行彦は共犯者の君代にダブル・ヘロインを渡したに違いない。医者のいうことと、福二郎の発狂とから考えると、ちょうどぴたりと日数があう」

「君代が共犯だというのは、その事実だけから考えついたのか?」

「いや、そうじゃないよ。もちろん、いまのことが最大の根拠になってはいるが、一度怪しいと考えれば、僕と竜子が会いに行ったときに、君代が湯浅勝司が黒魔王ではないか——などといい出したのも、少しできすぎていたし、あの後、急に湯浅に対する証拠が出はじめたというのも、偶然というのには、どうもタイミングが合いすぎていた。君代が黒魔王の動きにあわせて、陽動作戦をとったと考えられるのだ」

「見事だ!」

黒崎警部は武者ぶるいして叫んだ。

「これで、殺人鬼の悪魔野郎を退治できる! 惜しむらくは、直接的な証拠が少ないが、それはこっちで何とか探し出すよ。大前田さん、賭はこっちの負けだが、喜んで負けるよ。いずれ、竜子姐御との間の月下氷人をつとめるからな」

黒崎警部の言葉に、おれははっとした。

「そういえば、竜子のやつは何をしているんだ? 彼女はたしか大塚家を見はっていたはずだが、いまそんな事件が起っているというのに、どうして一言の連絡もないのだろう？　もしや……」

　おれの胸の中には、大きな不安が黒雲のように拡がっていった。

　そのとき、また電話がかかってきた。いやな予感がした。それは的中した。

「大前田だな？」

　しわがれた、薄気味の悪い声だった。

「黒魔王か？」

　おれは警部に声を出すな――と眼で合図して、思わず受話器を固くにぎりしめた。

「左様。今日はこっちが苦心して作った墓をあばいてくれたそうだが、何とも御苦労だったな」

　皮肉な口調の裏に、激しい怒りが読みとれた。相手もあせり出したのだろう。

「それなら、こっちも礼をいうぜ。死体を二つもおれの事務所へプレゼントしてくれたからな。おかげで、後始末が大変だった」

「ふん、やつらのへまさ加減にはおれも愛想がつきたよ。あんなことなら、最初から、自分で出馬すればよかった。そうすれば、いまごろは大前田先生の方が天国――いや、地獄行になっていたろうがね」

「太平楽を並べるのは勝手だが、いったい用件は何だね？　それをさっさといったらどうだ？」

　相手はがらりと調子をかえた。

「大前田、お前は自分だけが切り札を持っていると思っているかもしれないが、そいつは大間違いだぞ。こっちもとびきりの切り札をにぎったからな」

おれの不安はますます高まったが、つとめて平静な口調で、

「それがどうした?」

「そこで物は相談だ。そっちの切り札とこっちの切り札を交換しないか? つまり、この辺で手を打って、取引をしようじゃないか。お前の持っているダイヤのエースをこっちに渡せば、そのかわりにこっちはハートのクイーンを進呈しようというわけさ」

おれの額からは冷たい汗がにじみ出て来た。

「ふふふふふ、とびきり上等のハートのクイーンだよ。もっとも、こっちがつかまえたときには、ジャックみたいな身なりをしていたがね。お前さんが年中尻を追っかけまわしている川島竜子という、間抜けなハートの探偵さんさ。どうだね、この取引は両方の得になるだろう? ふふふふふ」

おれは唇を噛みしめた。黒崎警部も心配そうにおれを見つめた。土壇場まで来て、相手から手痛い逆襲を受けた口惜しさと怒りが、おれの腹の中で燃え上った。

「どうした、返事をしないかね? いやなら、竜子のハートを、本当のトランプみたいに真赤に染めてやるだけだがね……まあ、この間は、おれとしたことが、とんだへまをやって、殺しそこなってしまったが、二度とあんなことはしないぞ。今度は念入りに殺してやるからな……ふふふふふ」

いかにも惨忍そうな笑いが、受話器を通じて、おれの耳にがんがん響いて来た。

「畜生!」

「怒っても始まらないぜ。それにだいたい、竜子が悪いんだ。あんな危ない目にあったのに、性こりもなく、われわれを追っかけまわすからだ。お前ももちろん邪魔だが、竜子も邪魔でかなわん……だが、まあ、そういうことは一切水に流して、ここで妥協しようと、こっちは寛大な気持で、この取引きを申出ているのだ」

相手はすっかり調子にのって、いい気なことをいい出した。おれは腹の虫をおさえて、

「なるほどな。それで、取引の方法はどうするのだ?」

「ふん、心が動いたらしいな。方法はこうだ。お前は今夜十時に、例の品を持って日比谷公園の入口に来るのだ。そうすると、黒オーバーの衿に白の造花をつけた男がやって来て、『大田さんですね?』というから、『そうです。用意は出来ています』と答えてくれ。あとはその男の指示に従ってもらいたい」

「もう少しくわしく話してくれないと、こっちは安心出来ないな」

相手がそういい出したとき、おれは机の上の鉛筆を取り上げて、メモ用紙に次のように走り書きすると、それを警部に示した。

――すぐに今川行彦の家のまわりに非常線をはるように指令してくれ。ただし、気がつかれないように内密に事を運ぶこと。竜子の身が心配だから、直接に警官隊が中へふみこむことは避けてくれ――

黒崎警部は大きくうなずいて、隣りの部屋の電話にとびついて行った。

「なるほどな。それではこの計画をもう少し説明しよう」

黒魔王はこまごまと取引方法を説明しはじめたが、おれはほとんど注意を払っていなかった。こんな取引に応ずる気持は全然なかった。第一、いかに竜子の命が大切でも、他人の持物と引き換えるわけにはいかないのだ。そんなことをしたら、先祖の英五郎以来の名がすたる。

おれは時計を見た。八時半だった。十時までにはまだ間がある。相手が動き出さないうちに、こっちから奇襲をかけてやろうと、おれはとっさに決心したのだ。

おれは警察側の手配が遅れないように、相手のいうことにいろいろけちをつけて時間をかせいだ。相手はかなり警戒はしていても、まだこちらが正体を見破ったとは思っていないに違いない。一か八かの奇襲をかけてみる余地は十分にあるのだ。

「いいか、大前田、もし変なことをしたら、竜子の命はないぞ。警察に通知して、尾行でもつけさせたりすれば、そのときから、竜子はあの世へ行ってしまうのだぞ」

相手も今度は大きな賭をしているのだ。そういう声にも、凄じいぐらいの真剣さがこもっていた。

「よしっ、わかった。ところで、貴様はまだ知るまいが、面白いニュースを提供しよう。大塚家に関することだから、貴様には興味があるだろう。福二郎の奴が発狂して、あげくのはてには暴れ出して、君代を殺してしまったそうだぜ」

「えっ！　何だと……」

黒魔王の声は、一瞬、悲痛な調子を帯びた。悪魔のような男でも、自分の共犯者の悲惨な末路には、激しい心の動揺を感じたのだろう。それに、君代との間には、おそらく、悪魔同士の愛情が芽生えていたに違いない。

だが、彼はたちまち氷のような冷たい口調にもどって、

「ふん、それがどうした？　そんなことはおれの知ったことじゃない。いいか、約束を守れよ。くどいようだが、下手に動くと竜子の命はなくなるのだからな。お前がどれだけの事実を探り出したのかは知らないが、いまとなっては、何を知っていても役には立たないぞ。まさか、大前田英策ともあろう者が惚れた女を見殺しにはすまいて」

相手は捨てぜりふを残して電話を切ってしまった。

相手は蒙古王を手に入れれば、どうせ香港へでも高とびするつもりなのだろう。麻薬の密輸の黒幕のような男なら、そういうルートはいくらでも知っているだろうから、絶対に安心して国外へ脱出出来るというところまでは、竜子をおとりにしておく計画に違いない。

それどころか、まかり間違えば、おれも竜子も相手の罠にはまって、犬死しかねないのだ。

「だが、そうはさせないぞ」

おれは拳をにぎりしめてつぶやいた。

「こっちの手配はすんだが、大前田さん、どうするつもりなのだ？」

黒崎警部はすっかり緊張した面持ちでたずねた。

「やつはまだ渋谷常磐松の自宅にいると僕はにらんでいる。事件が急展開してから、まだ何時間もたっていないからだ。竜子もそこにとらえられているだろうと思う。どうせ、すぐにどこかへつれ出すつもりだろうが、取引の約束の十時近くまでは、人眼につく危険もあるのだから、むや

みには動かないだろう。とにかく、当ってくだけろだ。いまからすぐ、僕は今川行彦の家へのりこむよ。竜子を救い出すことが出来るかどうか、やってみる」

「大前田さん、あんた一人でか？　相手はあんな兇悪な奴だし、手下もいるかもしれないぞ」

「人数が多いと目立つから、竜子の命も危なくなるし、うまく忍びこめない。僕一人でたくさんだ。もし僕が失敗したら、そのときは警察側が一勢にふみこんで行って、僕と竜子の仇をうってくれたまえ。後で骨でも拾って、二人いっしょに葬ってくれれば、われわれも浮かばれるよ」

「あんまり縁起でもないことをいうなよ」

黒崎警部はおれの手をしっかりとにぎりしめて、

「あんたの気性はよく知っているから、何もいわないよ。やりたいようにやってくれ。成功を祈る」

「うん、ありがとう」

おれは強くうなずいて、身仕度をととのえると、ピストルをポケットに忍びこませた。


気づかれないように中へ忍びこむのには、どうしたらよかろうかと、おれは今川行彦の邸宅を遠くから観察しながら思案した。

だが、間もなくおれは侵入方法を決めた。道路のプラタナスの並木と、屋敷の中の桜の木をうまくつたって、一階の屋根にとびつけば、どこか入れる所があるに違いない。窓にはみんなカーテンが下りているらしいが、その中のいくつかからは、黄色い光がちらちらと洩れている。中の様子をのぞきこむぐらいの隙間はあるだろう。

そこまで見通しをつけたおれは、もう躊躇しなかった。一階の屋根へとびつくまでにはいくらも時間はかからなかった。やる気になれば、おれは日本一の泥棒になれるだろうと、ときどき思うことがあるぐらいだ。

おれは屋根の上をはいまわりながら、忍びこむのに適当な場所を探したが、なかなか見当らなかった。おれは一階の屋根から二階の屋根へとよじ登って行った。

二階の屋根の一角から、ぼーっと黄色い光が洩れているのを発見したとき、おれの心はおどった。天窓があるのだ。

はやる心をおさえて下をのぞきこんだとき、おれはあやうく声を立てるところだった。

竜子が猿轡をかまされて寝台にしばりつけられていた！　そして、部屋の片隅には、あの奇怪な黒魔術の祭壇があって、細身の剣が抜身のまま何本も並べられていた。

黒いマスクをつけた男が視界に入って来た。そいつは竜子の額にピストルの銃口をつきつけたり、掌でひっぱたいたり、剣で体を突く真似をしたりして、竜子をなぶりものにしていた。竜子はそのたびに、寝台の上でもがいた。おれは怒りのために体がぶるぶるふるえてきた。

その男は嘲笑うような調子で何かいっているらしいが、それはここまでは聞えて来ない。しかし、こいつが黒魔王――今川行彦に間違いはない。

一瞬、気息（きそく）をととのえたおれは、天窓のガラスと枠を力いっぱいに蹴った。ガラスがとび散った。体が宙に浮いて、そしてあっという間に床の上に着陸した。おれは仁王立ちにつっ立って、黒マスクの男をにらみつけた。後で聞くと、ガラスの破片で血だらけになって、ものすごい形相だったそうだが、そのときはガラスで怪我した意識などはなかった。

「黒魔王！　年貢のおさめどきだぞ！」

「大前田か？　とんで火に入る夏の虫だ！」

いうより早く、相手のピストルはつるべうちのように火を吐いた。おれは相手にむかって突進しながら、

「人を殺そうというのなら顔を狙え！　手前みたいな悪党が相手だから、おれも久しぶりに防弾チョッキを着て来たんだ」

そう叫んだときには、おれはもう黒魔王の足もとに、ラグビーのタックルのような勢いで襲いかかっていた。相手のピストルが上をむいた。しかし、今度は上すぎた。弾丸は天井にあたって、むなしく反響した。

黒魔王も必死だった。やつとおれとは激しくもみあった。やつはわずかの隙を見つけては、身動きできない竜子に発砲しようとした。部屋中が硝煙臭くなった。家の中が騒がしくなって来た。早く片附けなければ危険だ。おれはようやく相手のピストルをたたき落した。しかし、その隙にやつは祭壇の剣の方へにじりよって行った。どたどたと階段をかけ上って来る足音が聞えた。やつの手下に違いない。

黒魔王は剣に手をのばした。おれはそれに追いすがって、力まかせに投げとばした。

異様な悲鳴がやつの口から洩れた。やつが自分で取ろうとした剣が、その背中に突っ立ってぶ

るぶるとふるえていた。おれに投げとばされた拍子に刺さったのだ。

苦しまぎれに、黒魔王はマスクをむしり取った。おれの事務所へ娘探しを依頼しに来たときとくらべて、これが同じ人間かと思われるぐらいすさまじい形相をした今川行彦の顔が出て来た。

彼は唇をふるわせた。何かいおうとしたのだろう。しかし、それは言葉にならなかった。

おれはドアのところへとんで行って、錠を下した。間一髪だった。ドアの外で荒々しい足音が聞えた。

今川行彦はがっくりと首を折った。そして激しく床の上に倒れた。そのとたんに、祭壇が大きくゆれて、悪魔の像も、薄気味の悪い黒魔術の祭具も、剣も、何もかもいっしょになって、今川行彦の上にくずれ落ちた。

ドアの外の音はますます大きくなった。おれは剣を取って、竜子のいましめをといた。感動にひたっている暇はなかった。ドアはみしみしと音を立てて、いまにも破れそうだった。おれは黒魔王の持っていたピストルを拾って竜子に手渡した。おれ自身は自分のピストルを出した。飛道具を使うのはあまり好きではないが、この場合にそんなことはいっておられない。

竜子がピストルを握りしめたのが合図のように、そのとき、とうとうドアが破れた。弾丸の雨が横なぐりに吹きつけてくるようなものだった。おれも夢中で撃った。あまり大きくもない部屋の中で、弾丸は乱れ十字に交錯して飛んだ。

竜子が小さい悲鳴を上げた。腕をやられたらしい。しかし、もちろん介抱している暇などはない。一分が何十分もの長さに感じられた。

外がさわがしくなって、敵に混乱が起ったときは、おれもさすがに嬉しかった。警官隊が乗り出して来たのだ。

敵の姿がなくなって、ほっと一息ついたときには、全身が綿のようになっていた。体力的な疲れよりも精神的な疲労のためだろう。

「英策さん……」

竜子はおれの腕の中にとびこんで来て、すすり泣き始めた。この女が、こういう真似をしたのは、生れて初めてだったろう。

「大前田さん、無事か！」

部屋の中へとびこんで来た黒崎警部は、われわれ二人の姿を見て、顔をくしゃくしゃにした。しかし次に、がらくたの山に埋っている今川行彦の死体を見つめて、警部の顔はこわばった。

「黒魔王にはふさわしい最期だったよ」

おれは静かにつぶやいた。

黒崎警部、竜子、そしておれの三人が、おれの事務所でふたたび顔をあわせたのは、その二日後のことだった。

「大前田さん、あの男の素姓をくわしく調べ上げたら、いろいろなことがわかったよ。彼が脱走兵らしいということは、あんたも知っていたようだが、それもただの脱走兵ではなかったのだ。彼は中野にあった陸軍のスパイ養成所で、スパイとして教育されたのだが、その仕事にいや気がさしたのか、命がけの脱走をくわだてたのだ。あれほど変装が巧みで、射撃もうまかったことは、それで説明がつく。スパイの養成は絶対に極秘で、親兄弟や妻子にもそのことは口外出来ないのだから、裕子さんの母親が捨てられたと思いこんだのも無理はないし、脱走後に憲兵隊が何度も調べに来たというのも当然だ」

「なるほど、そうだったのか。あの男の過去には僕も疑問はもったが、最初はむこうが依頼者なので、そこまでは深く調べなかったよ」

「彼はうまく中国人に化けて、転々と放浪の旅をつづけ、香港とブラジルでは麻薬の取引にたずさわったりして、莫大な富を築き上げたのだ。常磐松の彼の家を調べたところが、麻薬密輸団の貴重な資料がいろいろと手に入ったよ。それはともかく、その長い外国生活の間に、例の黒魔術というような迷信邪教にとりつかれたわけだな。殺人狂になったのは一つにはこの邪教のためだろう」

「うむ、それに自分でも何かの麻薬を常用していて、いい加減頭がおかしくなっていたんじゃないかな。どうも、彼は殺人淫楽症ではなかったかと思うよ」

おれの言葉に警部はうなずいて、

「もちろん、そういうこともあるだろう。それにもう一つ、蒙古王を手に入れるという目的のほかに、殺人の動機があったのだ。彼の父親というのが、事業面で大塚財閥のためにひどい目にあって、すっかり没落した末に、自殺しているのだよ。彼は大塚家に対して深いうらみを持っていたのだ。まあ、そういういろいろな動機がからんで、ああいう気違いじみた犯行を演じたのだろう。それに、宝石に対する外国人の欲望の強さはちょっと日本人には想像も出来ないぐらいらしいね。彼も長年外国で生活していたのだから、物の考え方が外人なみになったとしても少しもおかしくはない」

「大塚君代が黒魔王の共犯者だったとはどういうわけだったのかしら」

竜子が首をひねっていい出した。警部は、

「その点は、はっきりしたことは何ともいえないが、今川行彦の方で大塚家の内情にさぐりを入れるために誘惑したとも考えられるし、君代の方も、あの一族の間の空気には強い不満をもっていただろうし、利口なだけに、性欲だけの塊のような夫を憎んでいたかもしれないから、二人が結びつく余地は十分にあっただろうね。それに、何といっても、男女の間というものは微妙なものだから、君代が今川行彦とつながりを持っても、別に不思議ではないだろう」

「どんな悪党でも、やはり惚れる相手はいるものだな」

おれは、君代の死を聞いたときの黒魔王の悲痛な口調を思い出した。

「そうね、それに、あんな悪魔でも、やはり自分の娘を探し出したかったのですものね。どんな人間にも、一片の愛情はあるものらしいわ」

黒崎警部は大きくうなずいたが、急に暗い表情になって、

「大前田さん、あの娘は実に可哀想だな。恋人には死なれ、やっと見つかった父親は殺人狂——運命の神様も少し非情すぎるよ。表むきの発表では、あんたたちのはからいで、実は本当の父親ではなくて、父親の友人で娘探しを頼まれていた男だ——ということにしておいたから、この真

相はほんの一部の者しか知らないわけだが、あの発表を完全に信じることが出来るかねえ……それを考えると、僕も胸が痛くなるよ」

それには、おれも竜子も同感だった。しばらく沈黙がつづいた。

そのとき、秘書の池内佳子が、新聞記者の阿部利弘がたずねて来たと告げた。おれは部屋へ通すように命じた。

「先生、この事件では本当にいろいろとお世話になりました。あの特種のおかげで、僕も男をあげられました」

阿部利弘は挨拶もそこそこに、威勢のよい口調で一気にそう報告すると、しばらく間をおいてから、今度は静かに、しかし力強く、

「大前田先生、この間、先生がバーでおっしゃったことをよく考えてみました。僕にはその意味がわかったような気がします。でも、先生、警察の発表がどうであろうと、僕は本人を信じています。裕子さんは、優しい娘です。今川行彦という人も、考えようによっては戦争犠牲者の一人ですよ。日本で平和に暮していれば、あんな人間にはならなかったでしょう。僕は、その……犯罪は環境の問題で、血の問題ではないと思います。とくに、この事件の場合は……」

おれは微笑して、阿部利弘の手を握りしめた。

「阿部君、君の言葉を聞いて、僕の気持も明るくなったよ。しっかりやりたまえ。困ったときには、いつでも相談にのるよ。ただ、いまは裕子さんも事件のショックが大きいから、君の気持を理解する心のゆとりもあるまい。もう少し様子を見て、徐々に彼女の心をほぐしていくことだ」

「ええ、わかりました」

阿部利弘は明るい微笑を浮べてうなずいた。

このナイトが辞去して行った後、われわれ三人は顔を見あわせて、ほっとしたように笑いあった。

「ところで、肝心のことを聞くのを忘れていた。川島さんは、どういう事情で、黒魔王につかまったのだね」

警部の問に、竜子はちょっとうつむいた。

「その話はあまりしたくないけれど、かくしても仕方がないから話すわ。大塚家の様子をいろいろ観察しているうちに、わたしも今川行彦と君代が密談しているのを見つけて、これは少しおかしい――と思ったの。それで、功をはやって、一人で今川行彦の家を探ろうと思ったのが失敗のもと……相手はこっちの正体をすぐ見破ったらしいのね。まあ、あまりくわしく失敗談を話すのはいやだから、こんなところで勘弁してちょうだい。どうも、こんな調子では、私立探偵なんかつとまりそうにないわ」

この言葉には、黒崎警部もおれもちょっと驚いた。あれだけ意地っぱりな竜子が、自分でこんな言葉を吐くとは、今まで覚えもないことだったのだ。

「川島さん、そいつは引退声明かね？　それではいよいよ……」

黒崎警部が破顔一笑してそういいかけたのを、竜子は手で制した。

「まだ、そこまでいうのは早いわよ。だけど、英策さんのいつもの申込み、今度こそ慎重に考慮するわね」

「結婚の？　それで、イエスか？」

「まだイエスとはいえないわ。でも、今度はそのチャンスを与えてあげるわね」

竜子はテーブルの上にトランプを一組扇形に並べて、

「この中から一枚ぬいて、その札がダイヤの六だったら、神様の御命令だと思って、あなたと結婚するわ。トランプ占いでは、それが一番いい札らしいから。でも、ほかの札をひいたらおことわりよ」

と、とんでもない難しい条件を持ち出した。おれは警部と顔を見合わせた。

「そういうけれど、川島さん、トランプのカードはジョーカーを入れて五十三枚――その中でダイヤの六というのは一枚しかないんだぜ。あんたが大前田さんと結婚する確率はたった五十三分の一なのかね？　そりゃ、少うし無茶じゃないかな」

黒崎警部は身をのり出して、助け舟を出してくれたが、竜子はとりあおうともせず、

「でも、宝くじを買って百万円あてるよりはずっと割のいい賭けでしょう？」

と、何故か悪戯小僧のようないわくありげな微笑を浮べて、

「英策さん、あなたが今度の事件で、わたしの命を助けてくれたのは二度――まるで、奇跡のようなものだったでしょう？　二度あったことなら、三度目の奇跡も起るかもしれないわね。ひとつ、勇気を出してカードをひいてごらんなさいよ」

「君がそういってくれるなら、ひいてみるか。いや、どうも、大変なことになったものだ」

おれは溜息をついて、眼をとじ、やおら呼吸をととのえると、恐る恐る一枚のカードを抜き出した。黒魔王の本拠へのりこむときよりも、はるかに心臓が高鳴った。

おれはカードの表を返した。

「ダイヤの六！」

黒崎警部とおれは、思わず声をあわせて叫んだ。

おれはあまりの運のよさにしばらくは呆然とした。奇跡はついに三度まで起ったのだろうか？

「ダイヤの六——天命ね。業（ごう）……前世の因縁だわ。とうとうわたしも大前田五代目の姐御になるのかしら……悲劇だわ」

竜子は大げさなことをいいだしたが、ちっとも悲しそうな顔はしていない。それは当然だろうが、この奇跡をべつに驚いてもいないらしいのはどういうわけだろう？

突然、おれは椅子を蹴って立ち上った。テーブルの上に残っているトランプに手をのばすと、竜子はあわててそれをさえぎろうとした。しかし、おれの方が早かった。掌でテーブルを横に払うと、カードはばらばらと床の上に舞い落ちた。

全部、ダイヤの六だった。

解説

浜田知明（探偵小説研究家）

『黒魔王』は「明星」昭和三十二年一月号〜十月号に連載後、長編化されて、昭和三十四年四月に東京文藝社から刊行された（昭和三十五年十月に改装再刊されたが、その後は新書、全集、文庫のいずれからも漏れ〈幻の作品〉となっていた）。

こういう経緯で成立する作品は、横溝正史氏や鮎川哲也氏をはじめとしてこの時期にはしばしば見られ（＊1）、高木作品においても、「白魔の歌」→『白魔の歌』、「四次元の目撃者」→『死を開く扉』、「火車立ちぬ」→『火車と死者』（原型短編はいずれも『神津恭介の回想』出版芸術社）、「灰の女」→『灰の女』（原型短編は『被害者を探せ』双葉社）などがあり、大前田英策シリーズにも「悪魔の火祭」→『悪魔の火祭』（原型短編は『朱の奇跡』出版芸術社→『帰ってきた探偵たち』光文社文庫）がある。

そもそもデビュー作の『刺青殺人事件』でさえ後に大幅に加筆されたものだったのだし（初稿版は扶桑社文庫）、それ以前の「素浪人奉行」→『素浪人奉行』を皮切りに、「変化お役者雀」→『御用盗変化』、「唐人屋敷の鬼」→『素浪人屋敷』、「修羅王」→『怪傑修羅王』といった伝奇時代小説で、この手法に先鞭をつけていた。

ただ、この『黒魔王』の場合は、単なる加筆とは違い、大筋はそのままに全く新たに書き起こされており、同一の文章を見つけるのに苦労するほどの大改変となっている。「明星」に連載された初稿版は『高木彬光探偵小説選』に収められて比較が容易になったので詳しくは書かないが（同書の横井司氏による「解題」も参照）、最も大きな違いは、雑誌版が三人称なのに対して、本書・単行本版はシリーズで唯一、主人公・大前田英策の一人称になっていることだ。このシリーズの他作品は三人称、それもほぼ英策の一視点になっているので、さほど大きな差異は感じられないかもしれないが、実作者ならではの課題も含んでいるというのが高木氏の認識で、「読者はワトソン役の眼と頭を通さずに、探偵の思考を直接追うのだから、ふつうの方法ではだまされない」（『冷えきった街／青じろい季節――仁木悦子長編推理小説全集Ⅴ』立風書房「解説」）というわけだ。この難点を回避するため、本作では、事件解決後に書き始めた「回想手記」の形式をとっている（第一章）。他の作品では、事件の最中に書いている手記、書いた時点では書き手にとっては〈真実〉だったとの大技を仕掛けたりもした著者としてはいささか直截的な手法だが、それゆえに「あの時こうしておけば」といった述懐を方々に織り込んだり、英策が真相に気づいた時点でも（第十一章）、その詳細を先延ばしにするといった演出も不自然でなくなり、通俗ものとしての緊張感の創出につながっている。

大前田英策のシリーズは通俗ものとされているが、この時代の探偵作家は、発表媒体によって作風を使い分けていた。というより、その読者層に応じた書き分けを余儀なくされており、名探偵の代名詞的存在である神津恭介でさえ例外ではなかった。本作でも重要な役割を果たす「東洋新聞社」はまさにその書き分けの要請により案出されたもので、山田風太郎氏との合作『悪霊の群』（＊2）を皮切りに、『白妖鬼』『悪魔の嘲笑』『白魔の歌』などが続く（他に中・短編に「輓歌」「嘘つき娘」「罪なき罪人」などがある）。

主となるのは『悪霊の群』以降の土屋社会部長、真鍋雄吉記者（＊3）だが、神津通俗ものは早くから幽鬼太郎氏に批判されたり（「探偵小説月評」「宝石」昭和二十四年九・十月合併号）、大内茂男氏のように「どんな好きな作家のものでも倶楽部雑誌に載った作品は読まない」（＊4）という読者もいて、通俗もの専任の大前田英策が生み出されることとなった。実際、「冥府の使者」→「失われた過去」、「加害妄想狂」→「夜の野獣」のように、神津ものから大前田ものに仕立てなおされた短編もある（＊5）。

ただし、シリーズの始まりは女探偵・川島竜子（＊6）の探偵ノートであり（第六章、第九章のピストル型カメラは「姿なき女」でも使用していた）、英策はその助っ人的に途中から登場していた（第一章で「何度か竜子の命を助けてやった」とあるのは、その間の事情を指す）。ここでシリーズの流れをまとめておくと、

A　川島竜子単独（「七つの顔を持つ女」「姿なき女」「顔のない女」）
B　大前田英策が参入（「暗黒街の帝王」「暗黒街の逆襲」）
C　大前田英策単独（「犯罪蒐集狂」〜）

D　夫婦共同（「蛇魂」『悪魔の火祭』『断層』『狐の密室』）

となり、本作はB・英策参入時代の掉尾を飾る、いわば「川島竜子（としての）最後の事件」となる（＊7）。

そういった経緯でスタートしただけあって、「東洋新聞社」とのつながりは当然で、土屋社会部長は「七つの顔を持つ女」や本作にも登場し、真鍋記者は本作の雑誌版では主役級だった。そして、「東洋新聞社」はそれだけにとどまらず、高木作品の底流をなすことになっていく（＊8）。

ほか、脇役陣に眼を向ければ、助手の野々宮青年や秘書の池内佳子、警視庁の黒崎駒吉警部など（いずれも第三章）は、C・英策単独時代から登場のレギュラー。雑誌版から一転、英策とは犬猿の仲となった赤沼警部（第三章。「蛇魂」にも登場していたのだが、単行本化の後に流布する中で松隈警部補に書き替えられた）、湯浅勝司、阿部利弘の両記者（第二章）は初顔だが、第十一章まで読み進めれば、それがプロット上での必然的な要請だったことが分ってくる。

こういった非レギュラーたちが他作品にも点景人物として登場していればさらに興趣が増したのにとも思うものの、高木氏はキャラクターの個性を強固に打ち出す反面、その細かな属性には無頓着な方で、本作では芝西久保巴町にある英策の事務所も（第十一章）、「暗黒街の帝王」では丸の内のMビル、「暗黒街の逆襲」では銀座裏となっている。また、「犯波レーダー」（第一章）と「犯罪探知機」（第十一章）の不統一も気になるところではある（他作品では圧倒的に後者が多い。勘が外れた時には「半端トンチキ」などと自嘲する)。

通俗ものとはいえ、筋立ての一貫性よりも場面場面の描写に重きを置いた乱歩流とも、解決の整合性を視野に入れながらも猟奇的な殺人が相次ぐ横溝流とも異なり、当時の探偵映画に見られるような格闘・銃撃シーンを盛り込みながらも(第四章、第九章、第十二章)、謎解きの骨格は堅持されており、先に述べたように英策が仮説に行き着いた第十一章までが問題篇となっている。その推理は、事件の中で表出した特異な事項を説明づけられる仮説の構築といった形を採っているが、前後して、黒崎警部、竜子、阿部記者による別解も提示されるから、そのどれとも違う英策の仮説=作者が用意した真相を思いつけるかで読者は推理を競うことになる。仮説の詳細が明かされないまま英策の解釈に沿って阿部記者との問答がなされる第十一章の冒頭で頁を閉じて真相に思いを馳せてみるのもいい。

登場人物たちと謎解きを競え、また、シャーロッキアン的考察を施す諸要素にも富んだ〈幻の作品〉をじっくりとお楽しみいただきたい。

＊1　『金田一耕助の帰還』『金田一耕助の新冒険』出版芸術社→光文社文庫、『鬼貫警部全事件』全三巻、出版芸術社

＊2　高木氏が創案し、山田氏が執筆。最終回は高木氏が清書し、書き縮めたという。『戦後派復興日記』小学館→小学館文庫、昭和二十七年六月二十六日、二十七日

＊3　『神津恭介への挑戦』『神津恭介の復活』『神津恭介の予言』出版芸術社→光文社文庫の

〈平成三部作〉では社会部長に昇進している。

＊4　ご本人から直接伺った。

＊5　逆に「魔炎」のあるトリックが『死を開く扉』に使われたりもしている。

＊6　「龍子」と表記された本もあり、同じ桃源社でも『悪魔の火祭』では「龍子」、『断層』では「竜子」など、不統一が目立つ（文華新書、角川文庫では「竜子」に統一。立風書房・高木彬光名探偵全集では「龍子」）。初出誌のいくつかと、晩年の『狐の密室』では「龍子」（角川文庫でも「龍子」）であることから、著者本来の表記は「龍子」かと思われるが、当用漢字のみでの表記が望ましいとの運用が強まり、かの芥川龍之介でさえ「芥川竜之介」という表記があった時代の産物でもあり、シリーズ全作の集成というわけでもないので、本書では、テキストの表記をそのまま伝えるという意図もふくめ「竜子」のままとした。

＊7　最後に竜子が英策に仕掛けた賭は、神津ものの「幽霊の顔」『死神の座』でも使われている。

＊8　弁護士・百谷泉一郎シリーズの『破戒裁判』、近松検事シリーズの『黒白の虹』、クレージーＬＰ・山西誠の『裂けた視覚』『女か虎か』。

●シリーズ収録書（全作品を通読する際に便利なものに限った）

〈短編集〉

『魔の首飾』『二十三歳の赤ん坊』『顔のない女』『恋は魔術師』『恐怖の蜜月』『姿なき女』角川

文庫
『犯罪蒐集狂』『暗黒街の帝王』『魔炎』『浮気な死神』『恐怖の蜜月』『復讐保険』（1編のみ収録）以上、桃源社ポピュラー・ブックス、『暗黒街の鬼』東京文藝社トーキョー・ブックス、『姿なき女』カドカワノベルズ
〈長編〉
『悪魔の火祭』『断層』桃源社ポピュラー・ブックス、文華新書、角川文庫
『狐の密室』、トクマ・ノベルズ、角川文庫
〈選集〉
『悪魔の火祭』『断層』立風書房・高木彬光名探偵全集9、10（長編2、短編7を収録）

高木彬光『黒魔王』の楽しみ方

二階堂黎人（作家）

1

何とも愉快な作品である。

何とも珍妙な作品である。

何とも面白い作品である。

何とも痛快な作品である。

そして、何とも不思議な作品である。

高木彬光の長編版『黒魔王』を読むと、このように、様々な感想が浮かびあがる。正直な話、傑作とは言いがたいが、かといって、単なる凡作とも呼びたくない。作者がこの作品を執筆した時の情熱が溢れ出ており、場面、場面で、こちらの感受性をくすぐる遊びの要素も豊富だからだ。

では、どこが愉快で、どこが珍妙で、どこが面白くて、どこが痛快で、どこが不思議か、それを説明するには、この作品の成り立ちを振り返る必要があろう。

長編版『黒魔王』は、私立探偵・大前田英策シリーズに属するものである。高木彬光の作品を手軽に読もうと思ったら、大半の作品が（横溝正史ブームの頃に）角川文庫に入ったので、それを探すのが便利だ。

しかし、この『黒魔王』は、何故か、角川文庫に収録されなかった。私の知っている限りでは、一九五七年に原型の中編版が雑誌に連載され、一九五九年に、大幅に加筆修正された上で、東京文藝社から単行本が出た。したがって、論創社による今回の刊行は、何と、初刊本以来、六十一年ぶりの快挙であるので、驚きを禁じ得ない（一九六〇年に改装版が出ているようだが、未見）。ちなみに、一九五九年というのは、講談社の「週刊少年マガジン」や小学館の「週刊少年サンデー」が創刊された年で、推理作家では私の他、有栖川有栖、太田忠司、柄刀一、評論家では、飯城勇三が生まれた年でもある。

そんな長編版『黒魔王』について、指摘すべきことが三つある。

一つ目は、初出の中編版「黒魔王」が、論創ミステリ叢書の『高木彬光探偵小説選』に収録されていること。本書と読み比べてみると、なかなか面白い。長編版の骨子は中編版のままだが、入念な肉付けによって、印象はかなり異なるものになった。

小説家が、以前に発表した短編もしくは中編を、のちに長編として書き直す理由としては、次のようなものが挙げられる（これらの組み合わせもある）。

（1）元より、短編向きのネタではなかった。

（2）短編を書いたが、内容的に物足りなかった。あるいは、原稿枚数が足りず、うまく書けなかった。よって、長編として書き直してみた。
（3）出版社より長編を依頼されたが、ちょうど良いネタやプロットやトリックがなく（時間的制約もあり）、昔書いた短編を長編化することにした。
（4）単発の作品であったが、読者受けするように、シリーズ探偵ものに改稿した。

たとえば、横溝正史の金田一耕助シリーズでも、「ハートのクイン」→『スペードの女王』、「百唇譜」→『悪魔の百唇譜』、「扉の中の女」→『扉の影の女』、「青蜥蜴」→『夜の黒豹』、「迷路荘の怪人」→『迷路荘の惨劇』、「渦の中の女」→『白と黒』といった具合に、短編を長編化した例は多い。

高木彬光の場合にも、『黒魔王』の他に、『刺青殺人事件』→『（大改稿版）刺青殺人事件』、「白魔の歌」→『白魔の歌』、「四次元の目撃者」→『死を開く扉』、「火車立ちぬ」→『火車と死者』、「死せる者よみがえれ」→『破戒裁判』などがある。

よって、右に挙げた点を踏まえながら、高木彬光が『黒魔王』を長編化した理由を考えてみるのも一興だろう。

また、長編版『黒魔王』では、一人称が使われている。中編版は三人称だった。何故、変更されたのか――そこにも作者のこだわりや狙いがありそうだ。他の大前田英策ものは三人称で書かれていて、この長編版だけが一人称というのも、不思議と言えば不思議だ。

二つ目は、主人公の大前田英策と、のちに彼の妻になる川島竜子の二人が活躍するということ。しかも、二人が結婚を決意する経緯が、この『黒魔王』で描かれている。

シリーズを順番に見ていくと、まず、竜子が単独で活躍する短編が三つある。四作目で、英策が活躍する「暗黒街の帝王」という短編が描かれ、そして、五作目がこの『黒魔王』ということになる。

初めは、英策のチャラい求婚を退けていた竜子が、この事件の最後に、ある理由からそれを受けいれる。彼女がどうして心変わりしたのか——それは、読めば解る。

故に、大前田英策と竜子は、この作品以降、夫婦探偵として活躍することになる。最後に登場したのは『狐の密室』(一九七七年)で、名探偵・神津恭介と共演する(ちなみに、英策の妻の名前は、本によって〈龍子〉だったり〈竜子〉だったりする。どっちが正しいのだろう?)。

三つ目は、大前田英策シリーズは、ミッキー・スピレーンなどを範とした軽ハードボイルド風味で描かれていること。そういう意味では——神津恭介シリーズなどに比べると——事件の内容や語り口に通俗性が強い。

といっても、その通俗性は、時流や読者の嗜好が要求したもので、高木彬光の本意ではなかったはずだ。仕方なく、通俗的に描くために、大前田英策シリーズを生みだしたと考える方が妥当だ(実際、作者がそのような言葉をもらしたこともあるらしい)。何故ならば、この時期は——昭和三十年代前半から中盤は——社会派の流行が始まって、堅牢で真面目な本格推理は書きづらくなっていたからだ。

横溝正史にしても、昭和二十年代の重厚的で構築的な作風を捨てざるを得なかった。金田一耕助を探偵に据えたまま、『幽霊男』だの『悪魔の寵児』だのといった具合に、通俗性が勝り、比較的、単純なプロットの作品ばかりを書いていた（書かせられていた）。

念のために記すが、通俗性と言っても、その傾向も様々だ。

乱歩の長編小説を評する通俗性というのは、猟奇的、活劇的、トリック的の総称で、それがアルセーヌ・ルパン流だというので、一見、子供っぽく思えるということだろう。

横溝正史の通俗ものは、凄惨な猟奇的殺人が相次ぐという点に特徴がある（ただ、推理の論理性は捨てていない）。

対して、大前田英策が探る事件というのは、身元調査、浮気調査、横領、盗難といった世俗的に軽々しい事件ばかりだから、天才・神津恭介の出番がもともと不要だった。よって、大前田英策シリーズでは、精緻な推理が披露される場面はほとんどない。

『黒魔王』は、意外に大時代的な道具立ても散見されるが、ここでの通俗性は、乱歩や正史に比べて、より映像的である。犯人からの殺人予告が相次ぎ、美女の誘拐や拷問などの場面もある。その上、銃撃戦などのアクションも目立つ。これらの道具立ては、たぶん、当時の流行りだった無国籍映画や、刑事もののテレビ・ドラマからの影響があるのだろう（もしくは、そういうものが好きな読者の要求に合わせた）。

2

私が、大前田英策が登場する作品を初めて読んだのは、『狐の密室』によってだった。『邪馬台国の秘密』（一九七三年）以来、久々の神津恭介もので、しかも、雪密室ものだというから、嬉々として、掲載誌の「問題小説」を購入した。

この作品によって、私は、大前田英策とその妻の竜子を知った。二人のキビキビしたやり取りが面白く、大前田英策の豪放磊落な性格は、軽ハードボイルドとして見れば、大変好ましいものであった。

『狐の密室』は、推理ものとして見ると、破綻も少なく、きっちりとまとまった作品だった。二大探偵の共演という謳い文句であったけれど、神津恭介と大前田英策が、スタイルの違う形で謎解きを競う場面はなくて、単に手を結んで事件を解決に導いている。そういう部分は、期待が大きかっただけに、少し残念に感じた。

その後、角川文庫で、大前田英策シリーズの長編『悪魔の火祭』や『断層』、短編集『二十三歳の赤ん坊』などを読んだ。長編版『黒魔王』に関しては、当時懇意にしていた、SRの会に属していた関西の友人から本を借りた。ただ若い頃の私は、「本格推理にあらずば、推理小説にあらず」という狭量な考えにとらわれていたので、片っ端から内容を忘れていった。

――というわけで、今回、四十年ぶりくらいに長編版『黒魔王』を読んだ。自分が六十一歳という老境に入り、心が広くなったこともあろうが、この作品の内容を微笑ましく思った。

昔の私なら、「大前田英策がほとんど推理しないじゃないか」とか、「たいした検証もなく次の事件に進み、思い付きのように犯人を指摘し、なし崩し的に解決している」などと、厳しく批判したかもしれない。

けれど今は、「それが軽ハードボイルドというものなんだから、いいじゃないか」という境地である。次々に起こる事件や、盛り込まれた多彩な材料を、作者の苦労——中編をいかに長編として面白く仕立て上げるか——も想像しながら、純然と楽しむことができた。子供の頃のおもちゃ箱を、物置の奥から見つけ出してきたような懐かしさもある。

そもそも、高木彬光の作品の印象を一言で表現すると、〈サービス精神が旺盛〉ということになる。本格推理の精神と技術を中心に据えながら、時代と読者の要請に柔軟に応えて、社会派やサスペンスや軽ハードボイルドや児童書や歴史ミステリーまでも軽々と描いてみせた。

また、高木彬光は、どの作品でも難しい文章を書かず、無闇に難しい蘊蓄を詰め込んだりしない。作家というのは、とかく文学的であったり、高尚であったりと、背伸びしたがるものであるのに、スラスラと読める優しい文章に終始し、読者から乖離することがなかった。

これは努力だけで身に付くものではなくて、作家としての天賦の才能に負う部分が大きい。だからこそ、混沌としつつも入れ替わりの早い推理小説文壇において、高木彬光は、常にトップの地位を走り続けることができたのだろう。

この長編版『黒魔王』も、そうした高木彬光作品の特色がよく現われている。読み始めたらやめられなくなり、ページをめくる手が止まらず、いつの間にか結末を迎えているのだ。

周知のとおり、高木彬光は、占いというものに精通していた。『刺青殺人事件』を書き上げた後、占いに従って江戸川乱歩に原稿を送り、作家デビューに成功したことは有名な逸話である。自身でも、手相占いや易学など、何冊もの占いの本を出していた。

そんな高木彬光だから、占いを通じて未来を見通していたと考えても良いはずである。今回の長編版『黒魔王』の復刊も、当然のことながら、存命中から先刻承知であった可能性が高い。長編版『黒魔王』の最大の謎――何故、再刊を出さず、角川文庫などにも入れなかったのか――の答えはそこにある。

生誕百年を数える記念の年に、この作品を読んだことがない読者を驚かそうと――意表を突いた贈り物として――高木彬光は、あえて、〝長期間の絶版〟という選択をしたに違いない、と、私は思う。


（敬称略）

大前田英策と神津恭介の書かれざる事件

黒田　明（神津恭介ファンクラブ）

大前田英策シリーズは、神津恭介との共演という趣向で書かれた長編「狐の密室」（『問題小説』一九七七年四月号〜五月号）が最終作となりましたが、高木氏は脳梗塞で倒れた入院中も大前田シリーズの長編について構想を練っており、脳梗塞の闘病記『甦える——脳梗塞・右半身麻痺と闘った９００日』（一九八二年、光文社）では、次のような記述が見られます。

グアム、サイパン、この両島へ私が足をのばしたのは昭和五十一年二月のことだった。その目的というのは、この島で最期の日を迎えた海軍の司令長官だった南雲（なぐも）大将の戦跡を弔いたかったからで、ある程度私にも腹案のようなものはあった。

まあ、主人公としては私の小説によく出て来る大前田英策（おおまえだえいさく）を使うつもりだったが、場合によっては神津恭介も登場させるつもりだった。この二人探偵の趣向は『狐の密室』で、私が成功したものだが、まあ私の独創といってもよいだろう。

大前田英策はある団体の旅行に参加して南方へ行く。そこで二人一室という部屋割りにしたがって、ある人物といっしょになる。その男というのは金融会社の重役で戦争中は苦労して来たというだけで余分なことは話さない。ただその話によると、彼の友人で戦争中ここで死んだ元参謀がいるそうで、わざわざそのために黙禱する始末なのだ。グアム、サイパン両島ともにほとんど玉砕したことだから、英策もこのことに関しては別に不審な気持ちもおこさなかった。

ところが彼らがこの島にいる間に、東京で殺人が行なわれる。被害者は英策の同伴者の妻で、もちろん彼自身のアリバイは十分なのだ。

英策は東京へ帰ってから、弔問にその社長を訪ねて行き、彼から逆にこの事件の捜査を頼まれる。彼の家は奈良の市外にあるが、相当の資産家で彼の名義になっている不動産だけでも十数億はかたいらしい。

ところが英策は内心おやと思うのだ。彼の友人である捜査一課の黒崎警部の話によると、そのアリバイには不審な点もある。事件当夜、アパートの住人がエレベーターで上って行く彼女の夫の姿を目撃したという。ところがこの女はアル中でさっぱり証言に信用性がない。したがってその線の捜査は断念せざるを得なかったというのだ。とりあえず、英策はあれこれと捜査を進めたが、そのうちに彼のアリバイの不備を申したてた女が不慮の死をとげる。この女の話というのは本当に嘘だったのだろうか?

これもどうやら書けそうだ。場合によっては奈良近く、その市外まで取材旅行に行く必要もありそうだが、それは何とか治ってからということにすれば話はすむのである。

（九三〜九四頁）

同じく『甦える』には、日本と韓国を舞台にした神津恭介シリーズの構想（同書八三～八五頁）やストリッパー殺害事件の構想（同一一九～一二二頁、一二九～一三二頁）、修善寺付近で事件を起こした犯人が警察の裏をかいて逃げ仰せる犯罪物語の覚え書（同一四〇頁）も記されています。

脳梗塞のリハビリ後、高木氏は一九七九年から本格的に執筆活動を再開しますが、海外にまで舞台を広げた大前田英策シリーズの長編は残念ながら書かれませんでした（浜田知明氏によれば、書き出し数行の原稿がご遺族宅に保管されているとの事）。

この他、甥の五戸（ごのへ）雅彰（まさあき）弁護士による「再登場を逃した「犯波探知機」」（『ミステリーの魔術師高木彬光没後10年特別展』［二〇〇五年、青森近代文学館・発行］所収）でも、大前田英策シリーズに関する興味深い一文が見られます。

> 伯父、高木彬光は脳梗塞のリハビリを終えて再執筆活動に入った昭和五十九年ころ、仕事場として使っていた渋谷区代々木のマンションの書斎にワープロを入れた。それは立派なCRTディスプレイのデスクトップ型で、まだ巷では小さな液晶ディスプレイのものが普及し始めたころで、当時司法修習生だった私には「宝の箱」のように思われた。
>
> さて、その後一年位して、そのマンションの向かいに住んでいた私は、伯父から仕事場に呼ばれた。このころ、伯父は、使い慣れた原稿用紙も使っており、休筆中に構想を暖めていた大

前田英策を再登場させる作品（「小京都牡丹燈籠」）を書き始めてみたものの、どうも結論に至る法律構成が気になったらしい。構想メモを見ながら概要を語る伯父に対して私は、「刑法の故意論からして、そのような結末は無理」と進言した。結局、伯父はそれを受け容れ、「犯罪探知機」大前田英策は惜しくも再登場の機会を逃してしまった。

遺品の原稿からは「凄美(せいび)の画集」と題した未完成の長編が見つかっており、これが五戸氏の文中に見られる「小京都牡丹燈籠」と同一作品らしいという指摘もあるようで、今後の詳しい調査が待たれます。

大前田英策シリーズだけでなく、神津恭介シリーズにも構想されながら執筆まで至らなかった作品が、先に紹介した『甦る』へ構想が記された以外にも最低二編は判明しているため、以下、それらの作品を高木氏のエッセイや関係者の証言を基に紹介します。

神津恭介は「七福神殺人事件」（『野性時代』一九八七年二月号〜四月号）を最後に探偵活動を終了し（＊1）、「神津恭介への挑戦」（出版芸術社『神津恭介への挑戦』［一九九一年］書下ろし）で復活を遂げますが、その間に学生時代の因縁を絡ませた最後の事件が書かれる予定でした。

高木氏の随筆「私の寿命」（昭和15年一高会『一高卒業50周年記念文集　彌生道』［一九九〇年］書下ろし）によれば、次のような構想があったそうです（＊2）。

さて、こんど神津恭介最後の事件という題で再び一高時代の昔にもどって、その続編を書くことにした。

「追憶は美しいものである。まこと、忘却の霧は、はるかなる時の彼方にわだかまる苦悩と悔恨とをおおいかくし、美しきもの、なつかしきもの、心うたれる思い出だけを、鮮やかに浮びあがらせるものであろうか」

これは私の「わが一高時代の犯罪」の冒頭の文章である。一高時代は皆若かったし、この本を書いた頃の私もまだ若かった。

こんどはいささか老いた友人をモデルにすることになるので、悪しからずお許し頂きたい。

嘆けど時の老いゆくを 止めとどめんすべもがな

慕へど友のさりゆくを 何日か相見んよしもがな

これは一高の寮歌の一節である。これは人間すべての定められた運命である。

神津恭介最後の事件は、大体この様な文章で終るつもりである。

私はこれを最後に引退するつもりであるが、果してあと何年生きられるのであろうか?

神津恭介の学生時代の事件「わが一高時代の犯罪」(『宝石』一九五一年五月号~六月号)は、後に「輓歌」(『宝石』一九五二年七月号~一〇月号、一九五三年六月号)という続編が書かれており、そのさらに続編が神津恭介最後の事件になる筈だったことが伺えます。

「仮面よ、さらば」(『野性時代』一九八八年一月号~五月号)発表後、前述の「神津恭介への挑戦」で再び神津恭介シリーズが再開（いわゆる〈平成三部作〉）され、作家活動の総決算として「最後の神津恭介」が発表される予定でした。

高木氏と親しかった原田裕氏（元・出版芸術社相談役。一九二四年～二〇一八年）の証言によれば冒頭と結末は書き上がっており、入院中もメインとなる事件の構想を練っていたそうで、高木氏への追悼エッセイ「最後の神津恭介」（『創元推理』11号／一九九五年冬号）でも「『最後の神津恭介』は書きだし部分とラストシーンが出来ていました」と書かれています。

「最後の神津恭介」の冒頭と結末については、二〇〇四年一〇月、原田氏から電話にて次のような回答をいただきました。

> 高木さんは亡くなる直前まで「最後の神津恭介」の構想を練っており、冒頭と結末は口述筆記の原稿が残っています。
>
> 「最期の神津恭介」の冒頭ですが、御典医だった神津恭介の子孫が故郷の秋月藩で罪を犯し、その逃避行から物語が始まります。先祖の逃避行が数百年後の現代の事件に関係し、トリックにも関ってくるという構想を練っていたようです。
>
> 読者が絶対に疑わない探偵役、つまり神津恭介が事件の真犯人という意外性を狙った最終作にするつもりだったそうで、真鍋雄吉や清水香織に事件の真相を告白した神津恭介が、二人に背を向け、帽子を持った手を振りながら鉱山の中へ消えて行く、というラストシーンで話が終わります。

秋月藩出身の御典医が先祖というのは高木氏自身のことであり（＊3）、作中での設定は松下研三の筈（＊4）ですが、ここでは原田氏の証言通りとしました。

（＊1）「もうこれからは、どんなに奇怪な犯罪事件が起こっても、神津恭介は二度と興味を示さなくなるだろう——と。そして、〃運命〃もまた、恭介に、そのような課題を与えることは、けっしてないであろう」（『七福神殺人事件』角川文庫、二九〇頁）という結末の文章から、「七福神殺人事件」を最後に神津恭介の探偵活動を終了させたいという高木氏の意図が読みとれます。

（＊2）「七福神殺人事件」初刊本に記された「作者のことば」で、高木氏は「神津恭介（中略）にも〃栄光ある引退〃を考えている」と書いており、この〃栄光ある引退〃となる事件こそ、「私の寿命」に記された事件だと思われます。

（＊3）高木氏の先祖については「推理小説裏ばなし①　高木家ご先祖様のこと」（『高木彬光長編推理小説全集』第六巻［一九七二年、光文社］月報）参照。『乱歩・正史・風太郎』（山前譲・編。二〇〇九年、出版芸術社）収録。

（＊4）「邪馬台国の秘密」（カッパ・ノベルス『邪馬台国の秘密』［一九七三年、光文社］書下ろし）参照。現行本『高木彬光コレクション　邪馬台国の秘密［新装版］』（二〇〇六年、光文社文庫）。

編集後記

本書『黒魔王』は一九五九年四月に東京文藝社から刊行された単行本を底本としており、一九六〇年一〇月の再刊本を適宜参照して校訂を行ないました。

テキストが一種類しか存在しないため、表記揺れや単語の不統一は原則として修正せずに原文のままとしております。

底本はルビなしですが、人名と一部漢字へ新たにルビを付しました。

あきらかな誤植は訂正しましたが、当て字や言葉遣いについては原文を尊重し修正は行ないませんでした。

一七頁一五行目「カードをさらけ出そうよ」は「カードをさらけ出すよ」、一四九頁一七行「化石したように」は「石化したように」、一八五頁六行目「暇と体を持てあまして」は「暇と金を持てあまして」、一九五頁六〜七行目「木を見て林を見ない」は「木を見て森を見ない」の誤植と思われますが原文通りとしています。

一九頁一七行目「まさか……」、八〇頁二行〜三行目「一つの原因かもしれないのだが……」、一〇九頁十五行「大前田先生……」は、それぞれ底本表記では文末に句読点がついていましたが、他所との統一から句読点は取りました。

九五頁一五行目「とんでもない！」の底本表記は「とんでもない？」ですが、会話の流れから語尾は疑問符ではなく感嘆符が適切と判断し、記号修正しています。

一一四頁一五行目「玩具」と一七七頁一七行目「おもちゃ」は同じ物を指し示していますが底本表記のまま統一していません。

一六四頁六行目「家庭裁判所」は底本表記が「家事裁判所」でしたが修正しました。


大塚君代にとって大塚陽子は義理の姉となるため、二〇八頁での「お姉様」は「お義姉様」とすべきですが、前述の方針から原文通りとしました。

警視庁捜査一課の赤沼警部は、「赤沼警部」と「赤沢警部」が混在していましたが、著作権者の了解を得たうえで、『明星』連載版と同じ「赤沼警部」表記で統一しています。

また、「ハンケチ」と「ハンカチ」は登場頻度から、校訂をご担当いただいた浜田知明氏とも相談のうえ、後者へ統一しました。


本書の刊行にあたっては、高木晶子様、高木啓行様、加賀貴雄様、加藤孝重様、内藤三津子様、二階堂黎人様、浜田知明様、山前譲様のご協力を得ました。記して感謝いたします。

〈編集部〉

〔著者〕
高木彬光（たかぎ・あきみつ）
1920年9月25日、青森県生まれ。本名・誠一。別名に魔童子、鉄仮面、百谷泉一郎。京都帝国大学工学部冶金科卒業後、43年に中島飛行機へ入社。終戦によって職を失い、ブローカーをしながら糊口を凌いでいたが、占い師の勧めに応じて書いた長編探偵小説「刺青殺人事件」が江戸川乱歩の推薦で48年6月に出版され作家デビュー。第3回探偵作家クラブ賞・長編賞を受賞した「能面殺人事件」(49）や懸賞金をつけた犯人当て長編「呪縛の家」(49-50)、書下ろし長編「人形はなぜ殺される」(55）などの傑作を次々と発表し人気作家となる。「成吉思汗の秘密」(58）以後、社会派推理小説の台頭に伴って作風の転換を図り、60年代は検事や弁護士を主役にした作品の執筆に力を入れた。神津恭介シリーズの新作「邪馬台国の秘密」(72）執筆を期に再び本格探偵小説の執筆に力を入れ始めて往年のファンを喜ばせたが、79年に脳梗塞で倒れ、長期の闘病生活を余儀なくされる。「仮面よ、さらば」(88）完結時に作家活動の終了を宣言したが、91年に書下ろし長編「神津恭介への挑戦」で文筆業を再開。「神津恭介の復活」(93)、「神津恭介の予言」(94）を立て続けに発表後、作家生活の総決算として「最後の神津恭介」を構想していたが、1995年9月9日に入院先の病院で死去。

黒魔王（こくまおう）

2020年9月9日　初版第1刷印刷
2020年9月25日　初版第1刷発行

著　者　高木彬光
装　丁　奥定泰之
発行人　森下紀夫
発行所　論 創 社

〒101-0051　東京都千代田区神田神保町2-23　北井ビル
TEL:03-3264-5254　FAX:03-3264-5232　振替口座 00160-1-155266
WEB:http://www.ronso.co.jp

校訂　浜田知明
組版　フレックスアート
印刷・製本　中央精版印刷

ISBN978-4-8460-1925-9